中公文庫

たそがれてゆく子さん

伊藤比呂美

中央公論新社

目次

たそがれてゆく子さん

何も残さず死んでみたい

ご無沙汰してました。ご無沙汰していた間、ずんずん老いていました。つい先日には六十歳になりまして。肉体はたるみ、顔も首も皺《しわ》だらけ。吊り目だった目は垂れ目になり、生え際はぜんぶ白い。

数カ月前、居合道を習い始めたら、慣れない動きで右肩を傷めた。ブラの脱ぎ着もドアの開け閉めも容易じゃなくなった。その上あたしは右手だけでキイボードを打つから、腱鞘炎《けんしょうえん》になった。右腕がきかないから、それをかばって左腕も左手指も痛んできた。それから仕事の締切で、二週間ぶっつづけで座っていたら、腰に来た。締切が終わって、つい浮かれて、腰に来てるのを知りながらズンバ（『閉経記』参照）しまくったら、今度は膝だ。少し前まではズンバのクラスでいちばんエネルギッシュに動いてたのがあたしである。それが今は、跳ねない。腕も伸ばさない。関節もきしむし、骨もすかすか。こんなことがあってたまるかと思いながら、それが現実だ。

更年期は楽しかった。終わった済んだ抜け出したという高揚感があった。でもその後にこうして、老いという状態がやって来て、だらだら続くとは思いも寄らなかった。

ああ、人生、思いも寄らないことはたびたび起こっていたのだった。

恋愛、やっと見つけたと思ったら思い通りにいかなくてストレスにやられたとか、夫婦生活が落ち着いたと思ったら、セックスしたくなくなってる自分を発見したとか、離婚したときの意外なほどの苦しみとか、かわいかった子どもが思春期に入って牙をむいたとか、思いも寄らないことの方が多くて、おたおたしながらもそれを切り抜けてきたわけだ。今回もなんとか切り抜けてはいく、でも切り抜けたら、そこは死だ。

そこが、ちょっと今までと違う。

あたしのことだから、あと数年くらいしたら、これも自分なりの生き方を見つけて楽しむと思うのだ。漢《おんな》たちよ、それまで、ちょっと待って。

母の最期の日々はまざまざと覚えている。四肢が動かなくなって、病院で四年半寝たきりだった。認知症もあった。寝たきりだったから気にならなかったが、シャバにいたならみんな困っていただろう。DNAが人を操作するならば、あたしもああなる可能性はおおいにある。でも、いつか？　今じゃない。

同居する夫は八十七歳。

去年の春、二人でロンドンに行った。その旅がよほど堪《こた》えたようで、急に老い衰えた。長い下り坂を下りつつあるのは誰の目にも明らかだ。そしてそれを境に、好きなスコッチを飲まなくなった。夫はスコッチにうるさくて、スコットランドのアイラ島のシングルモルトのなんたらかんたらという呪文みたいな名前のスコッチしか飲まなかった。そして去年の春、ロンドンの後、あたしたちははるばるアイラ島に行って、スコッチ蒸留所を見ようと思った。長い間、行きたいねと言っていたところだった。でもたどり着いたときには、夫はもうスコッチを飲まなくなっていたわけ。セックスしなくなったのはずっと前だけど、あのアイラ島のスコッチを飲まなくなったときに、夫は、性的な夫であることをやめたような気がしてならない。それにしても、死というものは、何度見ても慣れないものだ。母が死ぬ直前、あたしは熊本にいた。母の具合が悪くなってカリフォルニアに帰るに帰れなくなっていた。容態が落ち着いたから一旦帰っていいですよと主治医に言われ、帰ったとたんに母が死んだ。実は、まさか、あたしのおかあさんが死ぬとは思ってなかった。

父が死んだときもそうだ。

死ぬ数日前に主治医が、もしかしたらと言われた。あたしは神妙な顔して話を聞いてたが、実は何にも考えてなかった。そしてその日、どうも具合が悪いと父が言うのだ。父を病院に入院させ、あたしは家に戻って締切を片づけてから病院に取って返した。あたしが病室に入って十分くらいで父は死んだ。その瞬間まで、まさかおとうさんが死ぬとは、まったく思ってなかったのである。

犬が死んだときもそうだ。犬はどんどん老いて動けなくなって垂れ流しになった。それを辛抱強く見守っていた。最後の数時間は呼吸が荒かったが、なにしろ犬だから、散歩の前にも（期待で）呼吸はいつも荒くなった。まだ大丈夫だろうと、いつもどおりあたしの足元に寝かせて、ちょっとメールを書いてる間に、聞こえていた呼吸がふと聞こえなくなった。いつか死ぬとは思ってたけど、まさか今死ぬとは思ってなかった。

夫のときもたぶんこうだ。たぶんあたしは夫が動かなくなって冷たくなるまで、まさか死ぬとは思わないでいるんだろう。

でもこの頃の夫のあまりの老い方の激しさに、頭の隅の方で、考えないでもない、お金のことや家のこと、死後のいろんな面倒くさいこと。夫と言ってるが、実は籍は入ってない。俺が死んだら家はおまえの物だからに後は煮るなり焼くなりと夫は言うが、彼はアーティストで、家の中は絵だらけ、他に置く場所もないのである。家は売るに売れない。絵は売れれば金が入るが、もちろんめったに売れない。めったに売れないが、たまに売れるから、捨てることもできない。

面倒くさいので、昔は夫が死んだら次の日に荷物をまとめて日本に帰ろうと考えていた。でもこの頃荷物が増えてまとめきれない。……いつもこの辺まで考えるが、頭がだるくなって考えるのをやめる。まだまだ先だ。夫は、死ぬまで生きる。そしてその死ぬのがいつかわからない。永遠に来ないかもしれない。

最近、周囲の女友達の何人かが、夫を亡くした。そのみんなが、同じことをあたしに言う。いたときはうっとうしかったが、死んだら寂しい、とても寂しい、と。

母が家にいなくなってから、父はずっと独居していた。独居して、娘の来るのを待ちつづけて死んだ。あるとき、その父が言った、「退屈で、退屈で、今死んだら死因は退屈なんて書かれちゃうよ」と。あれはそれか、と今更ながら思うのだ。

夫がいなけりゃいらだつことは何にもなくなる。好きなときに寝て好きなときに好きなものを食べられる。いいだろうなあと、ファンタジーみたいに考えているけれど、いざ死んでしまったら、あたしはここで、一日だれともしゃべらず、犬を相手に生きるのだ。これもまたDNAの仕業か、父の最期が身に沁みる。

九十や百まで生きる。身体が動かなくなり、飛行機にも乗れなくなる。社会からは忘れられ、友人とも遠くなり、一人また一人と訃報が入る。歩けない、ズンバできない、料理できない、本も読めない。それでも一日はみんなと同じように二十四時間。いつ死んでもいいと思っているのに、いつ死ぬかわからない。

この苦しみから逃れるために、宗教があるのかもしれない。あるいは認知症があるのかもしれないと思ったりもする。

母が死んだ後、病室から持って帰ってきたのは紙袋がいくつか。四年半、病院で暮らして、持ち物といったらそれだけだ。入っていたのはタオルに歯ブラシ、コップ、シャンプー、紙オムツ。わが母ながらあっぱれだ。

母とは、どうも解《わか》り合えなかった。ああはなりたくないと思うことばっかりだった。それが、この頃は少し解るような気がするのだ。

こんなふうに死んだら潔いな、とこのときも思った。でもそれは、あの母の性格と生き方だからできたことであって、あたしのこの性格と生き方じゃ、たぶんだめだ。あたしは物を溜めこんで、ひきずって、死ぬまで生きる、そしてそれを娘たちが苦労して始末するのだろう。気の毒だとは思うけれども、親を送るのは、思春期と同じ、成長の一過程だ。しないわけにはいかない。

捨てたり片づけたりしているうちにいろんなことを思い出し、ああほんとに、あの母には迷惑したよね、あれも書かれた、これも書かれた、こんなことも言ってたね、あんなことも言ってたね、あの母のあの性格と行動のせいで、わたしたちがどんなに生きにくかったか、でも守ろうとしてくれたし、必死で育てようともしてくれた、大切に思ってくれたのも事実なんだよね。そんなことを姉妹でささやきながら、女が一人、よく生きた、とうとう死んだ。さあ今度はあたしたちの番だと娘たちが両足踏みしめて立ち上がるに違いないからだ。

野ざらしを心に今日も枯野ゆき

こないだ夫が、ERに入院した。そしたらなかなか帰ってこなかった。

入院日数をケチることで有名なアメリカの病院である。お産は一日、心臓のバイパス手術だって五日間の入院しか許さないアメリカの病院が、なんだかんだ理由をつけて十日間、夫を収容して離さなかった。夫はそこで強力な利尿剤をかけられて、塩分と水分を制限されて、文句垂れ垂れ十日間を暮らした。

夫、八十七歳。

心臓が悪い。バイパス手術してペースメーカーをつけておる。今回、心不全を起こした。心臓がうまく動かなくなったから全身に水がたまった。それで足がぱんぱんにむくんだ。水分で急激に体重が増えた。肺にも水がたまって呼吸が苦しくなった。

ER行ったほうがいいんじゃないのとあたしは言ったのだ。でも人の言うことは聞かない夫である。とくに妻の言うことは聞きゃしないのである。

あんまり苦しそうに息を吐いているので、うちの母は酸素吸入器つけてたよ、と言うと、それはいい考えかもとやっと言い出して、医者に連絡したら、すぐにERに行けと言われた。ほら見たことかと思ったが言いませんよ、もちろん。

あたしは締切の真っ最中だった。「今ERです」と病院から編集者にメールして、数時間猶予してもらった。あとでくわしく事情を話したら、書けなくてドラマの『ER』を見てるのかと思った、と言われた。ちゃいまんがな。

そのときはなんとか書いて送った。でも次の月は休載した（連載だった）。

心不全で十日間入院していた老人が退院してきたら、筋力がすっかり衰えて、日本でいったら要介護2くらいの状態になっていたのである。歩けない、脱ぎ着ができない、身の回りのことが何にもできない。そのいちいちをあたしが介助する。頻繁に病院に行かなきゃならない。もうだいぶ前から運転はさせてないから、それにもいちいち付き添う。

子どもを生んだときも、二人の子どもがおたふく風邪と風疹に次々かかって保育園を休んだときも、父や母が危機で病院めぐりをしていたときも、かれらが死んだときも、こんなに仕事ができなくなったことはない……と豪語しそうになって、いや、まてよ、カリフォルニアに来たばっかりの頃、娘たちが、一人は摂食障害になり、もう一人はしゃべらなくなり、母親としては必死でかれらを、うーむ、なんて言えばいいのか、守ろう、としていた。あのときはあたし自身も日本の人たちから忘れられて仕事がなかったからちょうどよかった。でも今は違う。やりたい仕事がいっぱいある。

それにしても、夫入院中の不思議な感覚は忘れられない。あたしは独《ひと》りだった。今までのどんな経験を思い出してみても、ここまで独りだったことはない。

「どうしてるの」と遠くの娘から電話がかかってきた。「ハメはずしてるよ」と言ったら、娘はぎょっとして「ハメをはずすって？」とおそるおそる。

いや、たいしたハメでもないんだが。犬を連れて日没を見に行って、日が沈んだ後も暗くなるまで帰らなかった。荒れ地を（荒れ地と呼んでいるが、実は自然を保護した公園なんである）、海辺をほっつき歩いた。……その程度のハメのはずし方だ。

いつもこうしたかった。しなかったのは、夫の目があり、家族の生活があり、帰らなくちゃ、ごはん作らなくちゃと気が急《せ》いたからだ。

夫が入院した数日後が満月だった。それで月の出も見に行った。翌朝の月の入りは日の出の少し前だった。まだ暗いうちに家を出て海辺に見に行った。カリフォルニアのすべての海は西を向いておる。月の入りは靄《もや》の中で見られなかった。でも、反対側から日が昇るのは見た。そして帰りに出勤や登校の渋滞にまきこまれた。あーあとは思ったけど、家に誰もいないと思うと、どんなに渋滞しても何にも気にならなかった。

夫はなかなか退院しなかった。月はどんどん欠けていった。夜は寝室に行かずに、仕事場で仮眠した。仮眠してるとニコがすり寄ってきた。パピヨンのニコが、今のあたしのただ一匹の犬。十歳になる。見かけはたしかにパピヨンで仕草もパピヨンだが、あたしが荒れ地や海辺を連れ回るので、マウンテンマンに付き従うコヨーテ混じりの精悍な犬みたいに、セージの藪《やぶ》をくぐり抜け、崖を登り、坂道を下り、寄せ来る波と戦うのである。

で、ニコといっしょに毛布にくるまって眠って起きた。料理なんかする気もなかった。卵ばっかり食べていた。

自由というよりは殺伐として、すっきりというよりはポッカリと虚無が口をあけていた。これが友人たちの言ってた世界かと何度も考えた。

夫を亡くした友人たちが口々にあたしに言うのだ。夫が生きていた頃はむかついたしイライラしたしうっとうしかった。でも、死んでみたらそれどころじゃない、ほんとうに寂しい、誰もいない、と。

凍りつく肩に膝、腰も頭も

この秋、あたしは六十になった。同い年の友人が赤いストールをくれた。ありがとう、はははははと笑いながら、あたしは、たぶん、坂を転がり落ちていった。

居合を始めたのがきっかけだった。

居合？　この年になってなんでまた？　とみんなに聞かれる。あたしはその頃、森鷗外の『阿部一族』を読み直し、書き直すという仕事をしていたのである。『阿部一族』というと、サムライが切腹したり、切腹したり、また切腹したりする。まあ、そういう話だ。それで、書く前に、人を斬《き》ったり斬られたり切腹したりというときの立ち居振る舞いを身につけておきたいと思った。そのために準備万端、古武道研究会に入って、手裏剣を始めた。乗馬を再開した。刀剣研究会にも入った。それらはみんな日本の熊本に帰ったときの活動なので、限りがある。より長くいられて時間もあるカリフォルニアで、何かないかとまわりを見渡したら、近所の合気道道場で居合を教えていたというわけだ。真剣を持つだけでもずいぶん違うだろうと思った。

ところが、真剣、長すぎて抜けなかった。抜いたら、今度は重たすぎて持っていられなかった。

先生はイギリス人の女で、小柄で、フィットで、七十歳になる。もう何十年と合気道やら居合やらをやってるから、今にも人を斬り捨てんばかりにスラリと抜いてストンと収める。それがどうしてもあたしにはできない。スススススとがんばっても、ラリがついてこない。昔のサムライは先生やあたしよりさらに小さかったと思う。それでもスラリでストンだったはず。スラリ、ストンを、日常的にやっていたはず。なにくそとがんばって、スススススス（うむう）とやってるうちに無理をした。肩を痛めた。

腕が上がらなくなり、髪も結べなくなり、腋毛も剃れなくなった。ある日、スポーツブラを装着中に腕を上げて激痛が走り、入れかけた右肩を抜こうとしたらさらに激痛、ねじまがった恰好のまま、動けなくなった。鏡に映る自分の姿がおぞましすぎた。腹も、二の腕も、乳房も、皺が寄ってだぶりだぶり。その恰好のまま夫のところへ行き、鋏《はさみ》でブラを切り刻んでもらって、ようやく抜け出た。

そうかと思うと、腰もおかしくなった。締切に追われて、ズンバに何週間も行かれなかった。ズンバに行かないあたしは座ったきり。夕刻、犬に催促されて、よっこらしょと立ち上がるたびに、足腰がこわばって、「ぎぎぎぎぎ」と、ガンダムかパトレイバーかというような、よく手入れされずにサビついちゃったロボットが起動するときみたいな音が聞こえた。

あれはまだ日本にいるときだ。父が歩いているのを遠くから見た。つんのめりそうな歩き方をしていた。急いでいたのかもしれないし、パーキンソン病の始まりだったのかもしれない。当時は何も考えず、ただ、お父さんも年取ったなあと思った。そう思いながらも、両親を後に残してカリフォルニアに移住する計画を立てていたんだから、残酷な娘である。まあしかし、そうしなかったら生きのびられなかった、必死のサバイバルであった……というのは、別のときにまたゆっくり。

モビルスーツみたいに歩きながら、今のあたしは、もしかしたらあのときの父みたいな歩き方してるのかもしれないと思った。

さて仕事が終わった。それで父みたいに前のめりにつんのめりながら、ズンバに行った、行った、行った、行った。行かれなかった反動だった。一週間に十二回。行きすぎた。左膝に鈍痛が来た。足を床に着けようとすると、ぎぎっというのだ。だめだだめだだめだぁっとからだが叫んだ。

ジーンズをはこうとすると、バランスを崩してたたらを踏んだ。これもなんだか既視感がある。母の愛用していたのは胴回りがゴムのズボンだった。よっといいながら片足を上げて、素早くズボンに突っこもうとして、いつもよろけた。あれは母がいくつのときだったのか、まるで、今のあたしである。

正座なんてとんでもない。座ったら二度と立ち上がれない。階段を上がるのも降りるのもきしんで重い。ところが夫はあたしの倍くらいの年で、関節炎と心不全、脊柱なんたらに心房なんたら、いろんな病名をつけられて、うめきあえいでおる。痛みも不自由さもあたしの比ではないようで、膝が、肩がとこぼしても、一言の慰めも返ってこない。返ってくるのは、おれは痛くて苦しくて辛い、という愚痴しかない。それはもう聞き飽きた。ほんとうに、それは、聞き飽きた。

医者に行ったら「フローズン・ショルダー」と言われた。日本語に訳せば、四十肩、もしくは五十肩。あたしゃ六十なのに。

「五十、六十、還暦だよ、いやだねえ、ところでそれは何肩だい？」

「へえ、四十肩で」

「そうかい、四十、五十」

ふふ、ちょっと得をした。落語の「時そば」みたいな肩である。

いつもポケットにうんこ袋

同い年（何度もいいますが六十です）の友人が「もういっぺんくらい恋をしたいわあ」とメールに書いてきた。ほーほーとうなずきながら、ふと自分を見ると、なんかすっかりそっちの方は無関心の風情である。

この頃のあたしは毎日同じカッコ。ジーンズ・Tシャツ・パーカの組み合わせで、パーカのポケットには犬用ジャーキーが入っている。ジーンズのポケットには犬用うんこ袋がつっこんである。腰にはキーホルダーがぶら下がっている。そこに車の鍵に家の鍵、そして犬用のクリッカーがついている。

そう、つまりあたしは、今、全身が犬仕様になっているのであり、今の目標は、群れのリーダーなんである。

昔、この群れには娘たちがいた。ジャーマンシェパードのタケがいた。パピヨンのニコとルイがいた。娘たちが出て行って、タケが死んで、ルイが死んだ。今はニコだけだ。

ニコはよくがんばっているのだが、それを連れて歩きながら、あたしは心の底で、影のようにまつわりつくシェパードの力強さとかしこさをなつかしがっていた。もう一度、シェパードと暮らしたい、しかし子犬のエネルギーにつきあって、若犬を訓練して、老犬を抱きかかえて介護しなくちゃならないのなら、六十の今が、体力的に最後のチャンスなのではないか、そう思ってきた。

ここで話しておかなくちゃならないのは、あたしの暮らしの孤独さだ。カリフォルニアにも友人はいるが、あたしはたいてい締切に追われていて遊んでいるひまはない。ない、と決めつけているのは、締切のせいというより、あたしが生来持っている人づきあいの悪さのせいだ。いつもと違うことをして、カフェに行ったり人としゃべったりするのが、面倒くさくてたまらない。

夫は根っからのワーカホリックで、自分の仕事部屋から出てこない。仕事部屋で、昔は仕事をしていたが、今は老いて仕事がろくにできなくなっている。本人は認めたがらないが、あたしは知っている。午前中はたいてい居眠りしている。そして午後からはNetflixでTVシリーズの『スタートレック』を深夜まで見続けているのだ。『スタートレック』は何十年にもわたって何シーズンも作られているから、見ても見ても見終わることがないのである。

もう、放ってある。

昔はあたしが夕食を作ってると、夫は台所に来て、食前のスコッチを飲んでいた。

あたしもビールやワインでお相伴《しょうばん》したものだ。ところがこの頃、夫は酒を飲まなくなり、やたらに寒がるので台所に来ない。それでほんとに食べるときだけ、食卓で顔を合わす。自分じゃ何もできなくなってるから、食事の用意はしてやらねばならない。だから三食ごとに顔を合わす。でも、それだけだ。食事が終われば、そそくさと仕事部屋に消える。

つまりほとんどの時間、あたしは、締切と、ズンバと、コンピュータの向こうにいる世界中の友人たちのメールと、そして犬とで生きている。

家庭内別居によく似た形態だが、別に仲は悪くない。昔は熾烈《しれつ》なケンカをした。勢いあまって夫にガブリと嚙みついたことさえあった。ははは、夫の太ももに。その後、夫に逆襲され(精神的に)ひどい目に遭ったが、嚙みついて一矢報いたことは後悔してない。まあそれでも、いつのまにか元のさやに戻り、こうして老老介護みたいな日々を暮らしてるんだから、夫婦なんてわからないものだ。

この頃の夫は、老いて性格が丸くなったか、ろくに見えなくなって気にならなくなったか、あるいはもうすぐ死ぬだろう自分の健康のことで頭がいっぱいで妻のことなんか気にかけていられないかで、争いもない。

ところが、こないだ夫が入院したとき。あたしは気づいてしまった。こんな夫でもいればいるだけ人の気配がするのである、夫が死んだらその気配もなくなるのだ、と。

悪かった肩や膝は、日本に帰ってかかりつけの鍼医《はり》に診てもらったら治ったようだ。右肩はまだ上がらないけど、右肩を上げないことにも慣れたから、ぜんぜん不自由さを感じない。何が老いの坂だって？　あたしゃやっぱ不死身かもと思いながら帰ってきたら、しばらくぶりの夫が、さらに老いて、干からびて見えた。死んだら誰もいなくなるんだなあと、入院中の感じを思い出した。それなら、今しかないじゃないか。

こんど飼うときはシェルターからと思っていたのだ。そしてこのあたりには、ジャーマンシェパード保護センターがいくつもあるのだ。そしてたまたまそのとき、その中の一つに、かわいいのがいたのである。

あたしは必死の表情で下手に出て、「一生のお願いだから、ジャーマンシェパードが飼いたい」と夫（犬嫌い）に持ちかけた。そしたらあっけなく「いいよ」と。そのときの夫の表情は、なんだかすごく印象的だった。自分の限界を知った男の諦めというか、残されるものに対する憐《あわ》れみというか……。

夫の気が変わらないうちにと思って、保護センターに連絡した。そしたら、そのかわいいのはもうもらわれた後だった。次に目をつけたのも、もらわれた後だった。そして三匹めに出会ったのが、クレイマー。運命の出会いであった。ああ、語りたい、クレイマーのことをすごくみなさんに語りたい。しかし紙数が尽きた。次号につづく。

やり直すったって

クレイマーが来てもう一月半が経つ。

今はすっかりうちの犬だ。

呼べば来る。「散歩行こう」と言うと、大喜びで走ってきてドアの前に座る。犬公園ではしゃいでいても、スワレと言えば座る。リードなしで歩いていても、絶対にどこかに行っちゃうことはない。絶対に離れないという信頼がある。

一月半前に、初めてジャーマンシェパード保護センターで会ったときにはこんなじゃなかった。

保護センターのHPで見て電話したときに、まず口で、「クレイマーは怯《おび》えている、人に馴れていない」と言われた。すごくつっけんどんな、でも不思議といやな感じのしない話し方の女のスタッフだった。

とりあえずスタッフに、家の周り、塀、門、室内、ぜんぶ写真撮って送れと言われ、そうして合格した。犬がたやすく外に逃げ出せるような家はだめなんだそうだ。希望者が何人もいるということで、とにかく行って、会ってみることにした。

出てきたスタッフは、人と関わるより犬と関わった方が楽なんだろうなと思われるような、こ汚い恰好の中年の女だった。それにすごく好感を持った。「クレイマーは怯えている」とまた言われた。「人に馴れてないし、触られるのもいやがる。他の犬との遊び方を知らないし、犬公園で遊ぶタイプじゃぜんぜんない」

まるでその場で、あたしの気持ちをくじくためのようだった。でも正直な、どれだけ真剣に犬のことを考えているかわかる口調だった。

「三ヵ月くらいの子犬のときに路上をうろついていたところをつかまって殺処分されるシェルターに入れられていたのを、私たちが保護してきた。たぶん今は七ヵ月くらい、まだ子犬といえる若犬だ」とスタッフは言った。

会ってみるとたしかに、怯えた犬だった。大きな耳をして（これは子犬の特徴）、おどおど、びくびくして、目も合わせなかった。

「あ、なんか、知ってる」と思った。うちの娘だ。アメリカに来たばかりの頃のサラ子だ。

保護センターにはサラ子もいっしょに行った。触られるのをいやがると言われたが、クレイマーは娘におとなしく撫でられた。そして撫でる手を舐めた。「ほんとは撫でられるのがいやで、嚙みつきたいのだが、内気すぎて嚙むかわりに舐めているのだ」

とスタッフが言った。

ああ。あたしは胸がつまるかと思った。サラ子がまさにこうだった。アメリカに連れてきたとき、十歳で、怯えて、びくびくして、怖がって、ほんとうは嚙みつきたいんだろうが嚙みつきもしなかった。舐めもしなかった。一年経って二年経って三年経ってもなじまなかった。あたしは必死にサラ子の相手をした。

前の犬のタケを飼い始めたのはその頃だ。そしてサラ子に世話をすべて任せた。おもらしの片付けから、服従訓練も、悪者に襲いかかる訓練もやった。本来ならば思春期の子にできるようなことじゃない。思春期の子はもっと自分中心に生きてよかったのに、この子は他に友達もなく、自分中心になれるほど自分がわからず、ただ繊細な心だけずたずたに傷ついてむき出しになってて……だから犬を与えた。せめてもの友達と思って。犬はじゅうぶんその思いに応《こた》えてくれた。

ほんとを言えば、すごく後悔している。毎日一度は後悔している。離婚なんかしなけりゃよかった。アメリカなんかに連れてこなきゃよかった。もっとあの子の性格を理解して辛抱強く待ってやればよかった。上のカノコはあたし似で、どんなに傷ついても適当にがさつでずぼらなところがあって、それでなんとかなっちゃったのだ。

サラ子は自力で立ち直った。今は大学も出て、就職して、彼氏もいて、落ち着いている。このたびも、犬の世話や訓練であたしの補佐をするつもりでついてきた。つまり娘じゃなくてあたしだ。あたしがあの頃に、この子が小学生だった頃に、中学生だった頃に、心がひっかかっていて先に進めてないのかもしれないのだ。やり直せるかなと思った。あの子育てを。今、この犬で。あのときのサラ子と同じように、繊細で傷ついて怯えたこの犬で。

ああ、そう思っただけで、今ここで、こんなに似た犬に出会えたのがありがたくて涙が出てくる。

それでクレイマーに決めた。最初のうちは、家の中にコヨーテが一匹いるようなものだった。近寄れば逃げた。こっちの姿を見るだけで逃げた。リードを首につけるなんてとんでもなかった。長年のシェルター暮らしでクレートには馴れていたから、そこには自分で入った。クレートの中でちぢこまっている犬の首にリードをつけて、散歩に出かけた。どんなに怯えていても、犬は犬だから、散歩が好きだ。あたしはクレイマーのリードをずっと握りしめて歩いた。

ところがクレイマー、心は思春期でも、からだは十代の男くらいで（言い忘れたが、雄犬である）、ものすごい力で走り、跳ねる。引っ張られ、ひねられ、ねじられ、転ばされ、ちょっとよくなったあたしの足腰はすぐにガタが来た。

三週間くらいいっしょに暮らした頃だ。あたしはリードをにぎりしめ、つい調子に乗って下り坂を駆け下りた。クレイマーがあたしの調子につられて本気を出して疾走し、あたしは抗《あらが》いながら足を必死で動かしたが、無念である、あっと思う間もなく、宙を飛んだ。

宙を飛んだとき、思わずリードを手離した。

地面に叩きつけられ、這いつくばったが、クレイマーが逃げてしまうと思って、跳ね起きた。

ところがクレイマーは、走るのをやめ、歩くのもやめ、立ち止まって、そこの草地でおとなしく草を食《は》んでいた。って馬じゃないんだが、とにかく落馬した騎手の周りを馬がうろうろしてる感じで、のんきそうにその辺のニオイを嗅いでいて、あたしがよろばいながら近寄っても逃げなかったし、スワレと言ったら、ぺたんと座った。おかーさん、おつかれさまですと言わんばかりに。

あたしはそれから三日間寝込んだのだが、まあ、そうやって、信頼関係ができていったような気がする。

あれからぼくたちは

「あれからぼくたちは」が頭にこびりついて離れない。あたしゃクラヲタ（クラシック大好き）で、この頃オペラにハマって、仕事中や運転中はずっとヴェルディを聴いていたというのに、今はとつぜん頭の中に、あの曲が鳴り響いている。そこしか鳴り響かないから全曲聴きたいと思って、YouTube で探して聴いた。スガシカオのがあった。顔は出ないがSMAPのもあった。

SMAPにはほんとに世話になった。

一九九七年に子どもらを連れて移住してきた。思春期でむずかしかった。思春期でむずかしいのに、離婚して、家庭壊して、ステップ家庭で無理をさせた。そして海を渡ってこっちに連れて来ちゃって異言語異文化。

思春期でむずかしかった、そしてすごく孤独だった。友達もいないのに、思春期でむずかしくて、それまで双子みたいにぺったりくっついていた二つ違いの姉妹も、なんだかうまく遊べなくなっていた。

それで母は考えた。男だ、と。後々長女のカノコにはガールフレンドができて、別に男ばかりともかぎらないと母は思い知ることになるのだが、とにかくそのときは、男だ、と。

アメリカ文化は何も知らなかったから、日本文化の若い日本人の男だ、と。アイドルでもいいじゃないかと考えた。現実にはいない男にきゃーきゃー言う思春期（自分もさんざん言ったものだ）の必需品なんじゃないかと。

それで父に、何か若い子の好きそうな番組を録画して送ってくれるように頼んだ。「何がいいんだい」と何も知らない父は聞き返した。それで「たとえばSMAPとか」と答えた。

それだけで、何も知らない父の頭はSMAPに固定され、毎週『スマスマ』と『アンパンマン』（これは末っ子のため）、少ししてから『ポケモン』（これはこっちでポケモンが流行《はや》って末っ子と次女がハマったため）を録画してせっせと送ってくれた。VHSの頃だ。父の字で「アンパンマン、スマスマ、アンパンマン、スマスマ」と書いた三倍速のVHSがいっぱい残っている。

みんなでそれを見まくった。なにしろそれしかなかったのだ。思春期でむずかしくて、学校にも適応できなくて、友達もいなくて、自分が誰だったのかってことさえわかんなくなっている子どもが二人、毎週、毎週、見まくった。いっしょにあたしも見まくった。

「夜空ノムコウ」が出たのはその頃だった。詩人の業《ごう》で、歌詞にはうるさいあたしも、あれはいいと思った。タイトルのカタカナが新鮮だった。何も解決しない、きれいごとで終わらない歌詞が新鮮だった。その上「やらかい」という言葉遣いが、一度聞いたら忘れられないくらい新鮮だった。

問題は、いろんな方向に噴出してしぼんだ。それぞれが自分なりに、ゆっくりと時間をかけて、ひとつひとつ解決していった。父は老いた。父からのＶＨＳも送られてこなくなった。母も老いて、倒れて入院して寝たきりになった。独居になった父のところにあたしがせっせと通うようになり、実家のビデオデッキをＤＶＤプレーヤーに買い換えて、父に操作を教えたりした。

そのうち、末っ子が小学校中学年になって、日本人学校（文科省のじゃなく、日系人の団体がやっている手作り風の日本語学校）に行きはじめた。そしたら今度は嵐だった。

それは日本語を話すのは自由に話せるが読み書きは苦手の、日本語（いちおう）ネイティブスピーカー用のクラスで、子どもの半分はハーフである。後の半分は両親ともに日本人だが、親はこっちに骨をうずめるつもりで、子どもたちはこっちで生まれて育って、日本人のアイデンティティなんか持ってないのに、なんだかアメリカ人と言い切ることにも違和感がある。そういう子たちが、何かあるごとに、みんなで嵐の歌を歌った。女の子たちは夢中だったけれども、男の子たちも進んで声を合わせた。日系の男の子たちにとっては、これだけかっこいい男の子が日本にいるんだってことに、ずいぶん力づけられていたに違いない。

で、今、といっても少し前だ。どうも日本とは時差があってもどかしいが、SMAP騒動が起こり、毎日ネットのニュースで読んでいたのである。それで「夜空ノムコウ」のあの一節が、頭から離れなくなったというわけだ。

「何かを信じて」って、いったい何を。あたしは歌いながら考えている。ぼくたちは、ってたとえばあたしのこの状況では、誰と誰のことか。そんなことも考えている。あれから、というのはそのまま受け取ってもいい。あれからほんとにいろんなことがあった。この一節から考えられることが、ほんとにつるつるとつながって出てくる。

キムタクにもマツジュンにも、あたし自身は興味はなかったのだが、ずいぶん経ってから、『木更津キャッツアイ』がいいの『タイガー&ドラゴン』がいいのと、同い年の日本の友人が騒ぐので、どれ……と見てみて、岡田准一にハマった。しかし悲しいかな、ジャニーズのタレントはネットで顔を見られない。なんたる非情なやりくちか、海外のファンはどうでもいいのかと、こっちに住んでる日本女が嘆いている。岡田准一が大河で官兵衛やってたときなんて、アマゾンで売ってる官兵衛本にすら、岡田の顔が出てなかった。主役だから表紙は岡田なのに、そこだけシルエット処理をされていて、なぜそんなにしてまで見せてくれないのかと悲しかった。

しかたがないから、あたしはときどきひらかたパークのＨＰに行って、そこの園長をやってる岡田准一の顔を見ている。

年取ったお婆さんがものすごく年取ったお爺さんを

犬にかまけていたら、夫の手術が迫っていた。すぱいらるすたのうしすがあるからすぱいなるこうどすてぃみゅれいしょんという手術をする（ひらがなで書いたらわからないじゃないのとみなさんは思うでしょ、あたしも耳でそう聞いてるだけでわかってないんです）。

日帰りのはずだった。そしたら手術中に夫が息をしなくなり、緊急中止に相成り、そのまま入院ということに相成った。医者から報告の電話がかかってきたときはびっくりした。でもまたデジャヴュというか、わかっていたことのようにも感じた。ああこうして心臓が動かなくなり、腎臓が動かなくなり、呼吸ができなくなり、手術ができなくなり、心臓が止まっていくのだな、と。

この手術のために、夫は何回も医者に通った。夫はもう運転できないし（本人はできると言い張るが、とてもじゃないが、怖ろしくてさせられない）数メートル以上歩けないのである。だからまずあたしが車椅子を車に積み込み、夫を車に乗り込ませ、あたしが運転して病院に行って車を停《と》めるのだ。そしてやおら車椅子を出して広げて夫を座らせ、安全なところで待たせておいて、車を駐車場に停め、走って戻って車椅子を押して夫を診察室に連れていき、診察を終えて（その間、夫は利尿剤のせいで何度もトイレに通う）、また同じことをくり返して家にたどり着く……ということを何回も。このために、あたしの恰好はいつもTシャツとジーンズとスニーカー。犬の散歩にも具合がいいので、朝から晩までこの格好である。

そもそも病院通いはすぱいなるなんとかだけにあらず、これは痛みの専門医の管轄だが、その他に、循環器科、腎臓内科、整形外科、眼科、担任みたいな担当の（たぶん）内科医。こうして手術ということになると麻酔医にも会ったりする。そのたびにあたしが車椅子を車に積み込み、あたしが運転して以下同文となる。夫本人は、ペースメーカーを埋め込み、心臓にバイパスを通し、股関節のどっちかが人工で、肩か膝も何か入っていて、このたびはそのすぱいなるなんたらで、脊髄に何か入れてそれで痛みを軽減しようという。ほとんどサイボーグである。

サイボーグというと思い出すのが石森章太郎の『サイボーグ００９』、子どもの頃、愛読した。主人公の島村ジョーがあたしの初恋の相手だった。あの漫画の中では、サイボーグたちはとにもかくにも若者で、かれらを改造したギルモア博士だけが高齢者だった。ところが！　現実の世界では、ギルモア博士やお茶の水博士みたいな高齢者がサイボーグ化して、瞬時瞬時を生き延びる。

その間にも新聞には訃報が出る。昨日の訃報が夫の旧知だった。言うまいと思っていたが、つい言っちゃった。あたしの頭の中で、死んだ死んだ死んだと渦巻いていたせいだ。「あの男も死んだか、いやなやつだった、学会でケンカしたことがある」とか言いながら、夫が考えているのは自分の死だ。

あわててあたしが、みんな死ぬんだから、ニュートンもアインシュタインも死んだんだからとフォローすると、夫は言うのだ、「わかっておる。死ぬのが怖いんじゃない、ぐちゃぐちゃにしたまま死ぬのがいやなだけだ」と。言ってるわりに、あれもこれもぐちゃぐちゃなままだ。

ともかく、手術は中止だった。開けられた傷口は空《むな》しく閉じられた。本人はおそろしく落ち込んでいる。

毎朝身支度をととのえて（前の入院の後しばらくは介護が必要だったが、今また一人でできるようになっている。でも以前の倍くらい時間がかかる）、階下に降りてきて食卓に座る。毎日同じ服を着て、同じように降りてきて、同じ場所に座る。だからこそ、その見た目や表情や足取りが一日また一日と衰えていくのが見て取れる。食卓の椅子に座って、夫はうつむいてどす黒く澱《よど》んでいる。鬱《うつ》でなければ何なのだろうと思えるような表情であり、状態である。話しかける気にもなれない。この鬱のような男を抱えて、何年間生きてきたか。毎朝あたしはため息をつく。

どす黒く澱んで鬱っぽくうつむいているのは痛みのせいだ。痛くて痛くてたまらないらしい。それは見て取れるが、共感ができない。医者に行くと、痛みは1から10まででどのくらいですかと聞かれる。「痛みなんて人によって違うのに、何を無意味なことを」と夫は言いながら、毎回「9」と答える。痛みの原因は、すぱいらるなんたらと全身の関節炎。そこに心不全と腎不全がどんとある。皮膚も骨も肉も臓器も八十七年使いつづけてぼろぼろだ。手術中に息が止まるのもよくわかる。

年の離れた、見てくれもだいぶかけ離れた夫をこうやって介助していると、ときどき介護士と思われる。病院ではとくにしょっちゅうそう思われて、緊急連絡先はどこかと聞かれる。妻でなければ、いざというときに何の決定もできないからだ。もしかしたら、姿の見えない白髪の八十年配の老婦人があたしの雇い主なのかもしれないと、ふと思ったりもする。夫と自分が年が離れていると認識してるから、あたしはつい自分の年を忘れている。四〜五十代の医者や看護師を見て同世代かなとふと考えて、とんでもない、あっちはどう見ても四十代じゃないかと思い直すことが何度もあるのだ。他人からみれば、年取ったお婆さんが、ものすごく年取ったお爺さんを世話してるだけに違いない。

野沢那智だった

今は日本にいる。仕事である。夫は置いてきた。毎日電話して様子を聞いている。はかばかしくないけど、あとは野となれ山となれと言うしね。

さて先日、土曜日の夕方、仕事帰りの運転中、NHKFMをつけたら、聞き覚えのある声で、男たちがしゃべっていた。一人の声は低くて渋く、もう一人は高くて明るく、やや四角い印象の声だった。ふと頭に浮かんだのは、車椅子に座った、恰幅のいい初老の男と、髪にこってりとポマードを塗って七三に分けた、女ったらし風な中年男の顔だ。

耳を澄ませると、若山弦蔵、矢島正明という懐かしい名前が聞こえてきた。この二人がゲストとして、声優の仕事について話していたらしい。つまりさっき浮かんだ二人の男の顔は、鬼警部アイアンサイドと、ナポレオン・ソロその人であった。

これは驚いた。なんたる偶然か、日本に来る前、アメリカのNetflixで『The Man from U.N.C.L.E.』、日本で言うところの『0011ナポレオン・ソロ』という六〇年代の古いテレビドラマのDVDを調達して、見ていた矢先だった。

なんでそんな古いものを、と思うでしょ？

理由はこうだ。

ちょっと前に、『コードネーム U.N.C.L.E.』という新作映画を見た。金のかかった冒険活劇で、コメディで、六〇年代をざっくりと描き出していて、まあ、悪くはなかったんだが、六〇年代を知らない若い人ならそう言えるだろうが、残念ながらあたしには言えない。あたしは六〇年代を詳しく知っているのだ。覚えているのだ。それで、ちがーう、全然ちがーう、こんなんじゃなかったーと不満がつのり、見終わるや、一九六六年制作のオリジナルのテレビドラマを調達したわけ。アメリカの Netflix には、そんな古いものもちゃんと置いてあった。しかしそこに大きな誤算があった。そのDVDでは、なんと、イリヤ・クリヤキンが日本語をしゃべってない！

話を急がず、元に戻ろう。ラジオから流れる若山弦蔵と矢島正明の声。

あれは一九六九年だった。あたしは中二で、『0011ナポレオン・ソロ』のシーズン4が放映された。十時すぎの遅い時間だったが、こっちも思春期だ、それを十分見られるようになっていた。それでハマった。イリヤ・クリヤキンに。

中二は最低な時期、というのはあたしの持論である。自分が誰だったかわからなくなり、人との関わり方もぎくしゃくし、肉体と心がかけ離れ、その肉体にはずしずし肉がつまっていく時期なのである。山崎くんとかサイボーグ009とかロジオン・ロマーノヴィチ・ラスコーリニコフとか、好きな男だらけだったが、山崎くんは学校の廊下ですれ違って真っ赤になるだけ。009は漫画で、ラスコーリニコフは小説で、二人とも本の中だった。

そして今度は、ブラウン管の中の、ちょっと年上の男に、ハマったのだった。それがナポレオン・ソロの相棒のロシア人イリヤ・クリヤキンで、演じるイギリスの俳優のデイビッド・マッカラムで、その声を吹き替えた野沢那智だった。やがてあたしは、野沢那智に集中した。姿は見えなかった。声だけだった。でも野沢那智だった。

そのころちょうど手塚治虫の『どろろ』のアニメが放映されていた。百鬼丸の声が野沢那智だった。

テレビの洋画劇場でフランス映画をときどきやってたが、アラン・ドロンが甘ったるくて、それも野沢那智だった。マカロニ・ウェスタンではジュリアーノ・ジェンマが血だらけになってて、それも野沢那智だった。アメリカのニューシネマと呼ばれた反体制的な映画群、それもときどき洋画劇場で見たのだが、実にみずみずしくて、心がきゅんきゅんしたもんだ。そしてアル・パチーノもダスティン・ホフマンも野沢那智だった。

やがてあたしは深夜放送の『パック・イン・ミュージック』にたどりついた。野沢那智が、白石冬美と二人でパーソナリティをやっていた。木曜日の夜、あたしは勉強勉強と言い張り、必死で机にかじりついて、日付が変わるのを待った。一時から『パック・イン・ミュージック』が始まった。そしてたしか明け方まで続いていたと思う。でもあたしはいつも途中で眠くなって、最後まで聴きとおしたためしがないのだ。

ああ今日は、若い読者なんか無視してつっ走ってます。六十歳以上限定の話だ。そもそも、今あたしが六十ということは、若山弦蔵も矢島正明も、今はすごい年のはず。調べてみたら、二人とも八十三だ。

野沢那智は、二〇一〇年に七十二歳で亡くなった。訃報がニュースに出たとき、八十七歳で独居で、孤独で退屈で、心身ともにヨレヨレだった父が「まだまだ活躍できる人が先に死んじゃって、おれなんかが残ってるんだものなあ」と呟いていたのが耳に残る。父はそれから二年生きて死んだ。

ラジオ番組の話に戻る。最後の方で「今の声優たちに何か一言」と言われて、若山弦蔵が、八十三とは思えない、艶のある、渋い声で、「作らないでネ、自然にやりゃァいいんですよ」と言った。そうそう、と矢島正明も、かくしゃくとしてうなずいた。聴いて吹き替えだとすぐわかるようじゃだめなんですよ、と。二人の断固としてすがすがしい物言いに感動しつつ、野沢那智がそこにいたら、いったい何と言うだろうと、あたしは考えるのをやめられなかったのである。

夫、マジでやばい

ここ数週間で、うちの夫に大きな変化があった。今もまだそんな変化の中だから、ちゃっちゃっと報告をします。

四日前に、動けなくなった夫を、娘二人とあたしの三人がかりで車の中にひきずり入れて、ERに連れていった。くそ重たい電動車椅子を手動にして、家の戸口の段々に板を敷いて、車の前まで夫ごと下ろし、それから夫を車の中にかつぎ入れた。あたしの運転する車の中で、夫は黙念としており、というかうつらうつらと眠り込んでおり、それはもう、ここのところずっとそうで、ここ数週間、食卓でも仕事場でも、いつも頭を前に落として眠っている。以前は居眠りする自分を呪っていたが、そのときには、もう呪う気力もなくなって、朝食が終わると眠り込み、昼食が終わると眠り込み、夕食が終わると眠り込み、会話もままならず、息も浅く、声も弱くなっていた。ERに向かいながら、夫はもう死ぬんだろうなあと考えた。それから、父の死んだ日のことをしきりに思い出した。やっぱりこんなふうに立てなくなって、呼吸がしづらくなって、しゃべれなくなって、入院すると納得して（それまでは絶対に入院したがらなかった）、病院の送迎車に乗っていった。そして数時間で死んだ。だから夫もこのまま死んでいくのかなあと、無言で運転しながら、あたしは考えていた。通い慣れた道だった。ここ数年間、通いまくった。この道は、何時頃どこが混むなんてこともぜんぶ知っておる。行き先の病院も、隅から隅まで知り尽くしておる。死んだら面倒くさいなあとも考えていた。よくいるじゃない、老妻が死んで、何もできない、通帳のありかも知らない老夫が。あたしはまったくああなのだ。

野良猫みたいにここに住みついたのが二十年ちょっと前。食費その他、外で買ってくるものはあたしの担当だが、ローン・光熱費・固定資産税、家の運営に必要なことは夫がやっている。何がどこにあるのか、どうすればいいのか、皆目わからない。そんな面倒はもう少し後回しにしたいから死なないでほしいと思う気持ちと、準備万端整うことなんてありえないんだから、今死なれて面倒くさい目に遭うのも浮世ぢゃという気持ちがせめぎあっておる。ああ、夫の息子や娘（みんなあたしと同世代）に連絡しなきゃなんてことも考える。

でも四日経って、夫はまだ生きている。

ERで念入りに検査され、治療されて、少しだけ甦《よみがえ》った。百年前なら、ああいう状態の年寄りはそのまま動かなくなり、しゃべらなくなり、食べなくなり、萎《しぼ》んで死んでいったはず。それをこうやって甦らせる。ゴールに着いたと思うと、ゴールが移動していて向こうにある。こんな現状は自然に反していると思わないでもない。

母のときも父のときもさんざん考えた。よけいな治療はしない。死ぬものは死ぬに任せる。その方が人間らしい死じゃないか。

それなら、夫本人もERなんか絶対行かないとだだをこねていたんだから、むりやり連れていかずに、ただ家の中でゆっくり弱るに任せ、アラ、気がついたら死んでた、てなことでもよかったのだ。でもあたしは夫を説き伏せて、ERに連れていった。

実は数日前に夫に聞いちゃったのだ、「生きたいか」と。

夫が、昼間はずっと居眠りしていて、動けば激痛にさいなまれ、動けなくなり、手足のコントロールもできなくなり、立てば転び、転んだら起き上がれず、うんこは出なくなり、出ても拭けなくなり、おしっこもし損じるようになり、何もかもがおしっこ臭くなり、ズボンもパンツも一日に数回取り替えるようになり……そういう状態のときだ。ものすごく、ものすごく、聞いてみたくなっちゃったのだ。死に向かうってどんな気持ちか。

同じことを父にも聞いてみたかったが、聞けなかった。父はふつうの人だった。直視して考えることに耐えられないんじゃないかと思った。それについていつも考えていることは言葉の端々からわかった。でも面と向かっては聞けなかった。一方、夫は、ものを考えて表現するのが商売の絵描きであり、大学の教授だった。口から先に生まれたような議論好きで、あたしはどれだけ泣かされたかわからない。でも、そんな夫だからこそ、この率直な質問に答えられるだろうと思った。

二十年くらい前の夫は、からだが動かなくなったら頭をずどんで終わりにしたいなどと威勢のいいことを言っていた。自分が老いてからだが動かなくなって、人前でおしっこやうんこをするなんて考えられなかった（ああ、でもこれはみんなそう。そうして必要に迫られると、平気でするようになる。母を見ていてそれがわかった）。でも今は、そういう状態だ。この国は州によって安楽死が合法で、オレゴン州へ行けばできるらしい。万が一死にたいと言われたらすごく面倒くさいことになるなあと思いながら、あたしは聞いた。死を選ぶ気はないのか、と。

するとと彼はそくざに「のー」と言った。

「自分が戦っているのは『動けなくなった自分』に対してで、『死』ではない。まだまだ戦う余地はある。その上、まだ絵が描ける。絵を描くことがおれの人生の中心だった。絵が描けるうちは、生きて絵を描く」

夫は、はっきりした頭ではっきりした口調でそう言い切った。

夫、さらにやばい、そして熊本も

今、夫は高齢者用のリハビリ施設にいる。そしてもう何にもできなくなっている。前から歩けなかったが、もはや立つこともできない、体の向きも変えられない。うんこも寝たまま。おしっこは導尿に頼り、呼吸は酸素の管に頼っている。その状態で病院を退院して、とてもじゃないが家に帰れるわけはなく、まずリハビリ施設でリハビリして、せめて自力で立ちあがることができて、車椅子からベッドに移れるようになれば……(なれば、どうなるんじゃい……と思わぬでもなかった、入院するまでの、夫がどんどん何もできなくなっていったあの時期の、あたしの肉体的な苦労を考えると)。そう思いながら入ったリハビリ施設だったけど、入ったとたん、二人部屋のお隣が朝から晩までテレビを轟音で見ている現実にでくわして(しかも認知に問題のある人だったから、交渉しようにも会話にならぬ)、夫は不機嫌になり、不満をためこんでどす黒くなり、おしっこが出なくなり、下を向いて黙り込み、酸素をつけてるのに息が荒くなってきて、意識もぼうっとして、ろくにしゃべれなくなり、やがて高熱が出て、血尿が出て、調べたら、これらはつまり肺炎のせいで、すごろくの「振り出しに戻る」みたいにERに戻り、ICU、一般病棟、そして今また、リハビリ施設にいる。

ここにはリハビリしてる人もいる。ぼーっとしている人もいる。八十七歳の夫よりよぼよぼの、夫よりも何もできなそうな人もたくさんいる、つまり老人ホームにかぎりなく近い場所だ。二人がかりで夫を車椅子に乗せると（これが重い、重い、重い）、夫の周囲で導尿の管、酸素の管がからまりあう。

ERで、夫は、今、目を閉じたら、もう目は開かないかもしれないと思ったそうだ。たしかに、夫は今にも死にそうに見えたから、あたしは担当医に、死にますかと聞いた。すると医者は驚いたように「まだまだ」と言った。そしてその通り、夫は肺炎を克服し、今にも死にそうな様子はなくなった。人はなかなか死なない。

眠れない眠れないと夫がうめいている。入眠剤もさっぱり効かない。そして強い薬を処方してくれない医者をののしっている。

病院にいたとき、隣のベッドの人が癌の末期患者で、医者や看護師が入れ替わり立ち替わり病状について話していた。それが一晩じゅうつづいて、夜明け前にあわただしく別の病室に移っていった。以前から不眠になやんでいたが、まったく眠れなくなったのはそれからだ。「目を閉じたら、また開くのだろうか、そう考えると目を閉じるのが怖くなった」と夫が言った。

眠れない夫は不満をあたしにぶつける。ぶつけ放題にぶつける。呼んでも看護師がこないといい、食事がこないといい、夕食がまずいといい、看護師が何もしないといい、あたしはその不満を聞くだけ聞いて、にぎりつぶす。ないしは聞き流す。陰であたしはずっと金の計算をしている。こっちの保険は、日本の介護保険みたいな情のある保険じゃない。八十日まで保険が利く、それ以降は自費、と施設の人に言われた。自費になったら、一ヵ月で百万はゆうに超える。三ヵ月で三百万、五ヵ月で五百万。四年半寝たきりで死んだあたしの母みたいになったら、五千四百万。払えずに野垂れ死にさせるか、こっちが自滅して夫を無事に死なせるか。ああ、どうして最初にERに連れていったか。そもそもどうしてこんな老人をこうまでして生かす必要があるか。でも本人はまだ生きたがっている。と何回も何十回も考えているところにぐるぐる回っていく。

あたしはこの頃いつも犬といっしょ。日中はさすがに家に残していくが、夕方から夜にかけては、いつもいっしょ。夫の不満を聞き、不安を聞き、暗い、暗い、沈むばかりの声も心も聞き取って一日が終わりかけた時間に、あたしは犬たちを車から出し、リードを解き放って、歩き出す。病院の裏手は空き地の原っぱだ。草のほかにはなんにもない。リハビリ施設の裏手は広大な自然のキャニヨンで、さらに何にもない。犬たちと後になり先になりして、誰もいない原っぱを、キャニヨンを歩きまわり、息を吸う、息を吐く、長ーく吐き出す。西にクッキリと日が沈むのを見届ける。

てなことを書いてたら熊本が地震だ。

まさか自分の故郷というか、家のある場所、帰る場所が、こんなことになるとは思ってもみなかった。こんなことになってみて、心配でたまらない友人知人たちが、おおぜいいることにも気づいた。メールしてもしても、し足りない。はがゆくなって電話をする。かかるところもあればかからないところもある。それでよけいはがゆくてたまらない。あたしはこんな遠くにいて、ネットで新聞を読みあさり、夫や人々の前ではふつうのフリをしながら一人で静かにパニクっている。

人生、苦だらけだった。男とか離婚とか親の介護とか子どもの問題とか。夫の介護とか。内から噴き出してくるような苦を、これまでさんざん悩んできた。みなさんもそうだと思う。家庭が壊れ、みんな苦しみ、痛くて辛くてやるせなく、その中で相手を呪った。自分を責めた。それに比べて、地震は外からの苦だ。もっとずっと暴力的で、生活の基盤をがらがらと崩し、あたしが今まで家族の生き死にや成長でみつめてきた「いのち」というものに真正面から襲いかかる。でも、自分を責めなくていい。

うちにつれて帰る

とうとう夫を、うちにつれて帰ってきた。これから地獄の日々だ。覚悟している。

この一ヵ月、夫は病院とリハビリ施設を行きつ戻りつし、一週間前からまたリハビリ施設にいるのだが、どんどん表情が暗くなり、硬くなり、生気が消え失せていった。今まで五十年間長髪を後ろで結んでいたのに（そしてどんどん禿げ上がってもそのままだったのに）、入院してしばらくして、うるさいから切ってくれと言った。それであたしがはさみで無惨に切り落とした。それをリハビリ施設の美容師さんに調《ととの》えてもらった。髭も短くしてもらった。そしたらどこかの知らないお爺さんみたいになった。すごく年取ったお爺さん。似合う似合うとは言ったもののぎょっとしなくなるまで数日かかった。

あたしは毎日通って、外に連れ出した。夫が（リハビリをするので）車椅子に乗せられた頃を見計らってあたしが行き、施設の広い敷地を、車椅子を押してさまよい歩いた。でも夫の表情はぴくりとも明るくならなかった。食欲もなくなり、体重も減り、手も足もむくんで、触っただけでぺこぺこした。呼吸は困難で、どこに行くにも酸素ボンベをぶらさげていかなければならなかった。

うちに帰りたいと夫が言った。言い出したら絶え間なく言うようになった。必死な顔で訴えた。あたしもうちにつれて帰りたくなった。それで施設のケアマネジャーみたいな人に相談した。そうしてたどりついたのが、自宅でのホスピスケアだ。

つまりもう積極的な治療もリハビリもせずに、痛みや不快感を取り除くだけで、死ぬまで生きるというケアである。これには保険が適用される。ところが、身のまわりを世話するヘルパーは適用されない。二十四時間、ヘルパーがいた方がいい、とみんなに言われた。彼は重いし、要求が多いし、一人では無理だ、と。ヘルパーは、一時間（日本円で）二千五百円。二十四時間で六万。ひと月で百八十万。いや、目ん玉が飛び出たままひっこまない。

最初の数週間はしかたがないと考えた。慣れてくればあたしだってできるようになるだろう。そしたら一日数時間で済む。万が一二十四時間態勢でやとっても、夫の貯金があるから一年は持つと考えた。そして夫は、一年は持たないとも考えた。

それで、あたしは派遣会社と契約して、手付け金を払った。ところが、それまでは、個室にしろ、ナニ金がかかる？　自分の金を自分が使って何が悪い、早くここから出せとわがままを言ってた夫が、手付け金を払うや、そしてそれがいくらか知るや、泣きそうな顔をして、高すぎると言うのだ。

「このまま払いつづけていったら、四、五週間で貯金はあっという間になくなる（なくならないのだが）、家族には負債が残る（残らないのだが）、そんな生き方はできない」と夫は顔をゆがめて泣いた。金は、豊富にはないが、なんとかなると説得しても、説得しても、聞きゃしない。「妻子を路頭に迷わせてまで、おれは生きなきゃならないのか。こんなことなら安楽死を選びたい。カリフォルニアでは六月からできるそうだ。医者二人のサインがあればできるそうだ。それしかない」と泣きながら夫が言うのだ。

しかたがない。あたしはその晩、ヘルパー派遣の会社に電話して、すいません、泣いていやがってるんでと謝って、二十四時間ヘルパーをキャンセルした。まるで子どもみたい。すいません、泣いていやがってるんでと謝りながら、二十数年前、水泳教室をキャンセルし、ピアノの発表会をキャンセルし、他にもいろんなものをキャンセルしてきたなあと、走馬燈だよ、まったく。

こうなりゃ、あたし一人でやるしかない。ここ数週間、いや数ヵ月、自宅と病院とリハビリ施設の間を走りまわっていて、仕事がちっともできてない。連載も落とした。休みももらった。当然ながらギャラは無しだ。金は入らないのに出費ばかりかさむ。そしてこれから、さらにできなくなる。その間にも熊本は揺れる。ああ、しかたがない、人生にはこんな時期だってあるのかもしれない。

今、思い悩んでいるのは便の始末だ。あれは臭い。母や父のときは、予想してないのにいきなり対処しなくちゃいけなくなり、粛々《しゅくしゅく》とやり、臭いも臭くないもなかった。でも夫は違う。これまで二十年、夫が排便した後のトイレに入るたびに、臭いなあと思い、便器についてるのを、なんでもっときれいに流せないかとむかつきながらごしごし洗ってきた。この一ヵ月の間に、夫はおむつ装着になっていた。おむつなら慣れている。でも赤ん坊のおしりはすべすべでとても軽かったし、そのうんちはぜんぜん臭いと思わなかったものだ。夫のは、ああ……と考えているうちにもコトは運び、ホスピスから、ベッドも車椅子も送られてきた。酸素ボンベも薬も送られてきた。体を拭きに介護士さんが来る。苦しくなったら看護師さんが来る。望めば牧師さんも来る。至れり尽くせりで、一歩一歩、死へ向かって進んでいく。

さて、救急車に乗せられて家に帰ってきたとたん、夫は薄笑いをうかべて言った。

「昨日までは死にたい死にたいと考えていたが、この青い空を見たとたん、死にたくなくなった、いつまでも生きていたくなった」

ああ、やっぱりこの男は、と呆れるとともに、死にたいと言われるよりずっと楽だ。便は臭くたって、生きてる方がずっと楽だ。

最期

夫が死んだ。

死んで二、三日は、ひろみーひろみーと呼ぶ声が聞こえるような気がしてしかたがなかった。あたしは何事も粛々とやってるように見えるのだけど、実はパニックに陥りやすい体質で、ここ数週間、数ヵ月、夫の介護に熊本の地震、すっかりパニクって走りつづけていたのだ。それがぱたっと止まった。

夫が家に帰ってきたとき、ベッドはアトリエに置いた。自分の仕事場で、自分の作品に囲まれたら、アーティストとして本望だろう、気がむけば仕事もできるだろうと、帰る前には考えていたのだ。しかし帰ってみれば、夫はもう車椅子に座れなくなっていた。リハビリ施設にいたときは、毎日車椅子に座ってリハビリしてたというのに、この車椅子への移動が大仕事だから、ヘルパーさんが必要になって、一日六万円という法外な費用を見込んだというのに、寝たきりでいいのなら、あたし一人で手は足りた。ひろみー、ひろみーと絶え間なく夫が呼んだ。つきっきりだった。夜も、夫のベッドのそばに簡易ベッドを作って、そこで寝た。介護士や看護師がホスピスから送られてきた。それはぜんぶ保険でカバーされた。病院仕様のベッドも、(使わなかったが)車椅子も、一揃いホスピスから貸し出され、みんな保険でカバーされた。

数日経って、夫は呼吸が苦しいと言い出した。モルヒネを使うように看護師に指示された。使って、夫は昼も夜も眠った。ふと目をさまして、今、おまえがそこにいたと言った。あたしは台所にいたのだ。それから、カノコがそこにいた、サラ子がそこにいたとも言った。おれは幻覚を見たんだと不思議そうに言った。ただ相づちを打つしかなかった。夫は丸一日途切れ途切れに眠りつづけ、ついに目をさまして、悪夢を見たから、モルヒネはもう摂《と》らないと言った。そして夢の内容を話してくれた。動けないとか、眠れないとか、動けなくて不眠にさいなまれている夫には、現実のような夢だった。聞いたが、聞くそばから忘れてしまった。自分で見たって、見るそばから忘れていくのと同じだ。

看護師がまた来た。褥瘡《じょくそう》が痛いと夫が訴えたら、なんとかという鎮痛剤を飲めと指示された。「今朝からどうもうまくしゃべれなくなった」と夫が訴えると、「それはプログレッションの一つです」と看護師は冷静に言った。プログレッション? 前進、発達? あたしは戸惑った。前進というより進行。そう思いついたら、納得がいった。死への進行。あたしはまだ夫が死ぬとは思ってなかった。長い道のりの始まりと理解しただけだ。

それから夫の意識が朦朧《もうろう》としてきた。夫はしゃべりつづけた。夢の中のだれかに。「それ、そっちをつかんで、きみはこっちをつかんで、いち、に、さん」と号令をかけ、自分を車椅子に移動させようとした。でも動かせなくて焦《じ》れていた。手伝おうかと声をかけると、「おまえは車を見ておれ」と一喝された。はいはいと引き下がった。しばらくして夢の内容が変わった。今や、夫は仕事中だった。仕事相手の人としゃべっているらしく、手はずっとキイボードを叩いていた。声ははつらつとしていた。昔の夫に戻ったんだなと考えながら、あたしはうつらうつらした。「こっちからかけ直す、ＯＫ？」そう言って、夢見る夫は電話を切り、静かになった。ああ眠った、朝になったら眠っていたと言ってやろう、眠れない眠れないと言ってるけど、ほらごらん、ちゃんと眠ってるのだ。そんなことを考えているうちに、あたしの意識がはっきりした。

明け方に近かった。肌寒くて、開いていた窓を閉めに立ち上がった。夫は静かだった。呼吸で上下していたはずの胸が動かなかった。手にさわってみた。もともと冷たい手をしてるから、わからなかった。ここ数日、ずっとこんな顔をして口を開いて寝ていた。生きてるのか死んでるのかわからないと思っていた。そのときもそうだった。生きてるのか死んでるのかと思いながら、頭のどこかでわかっていた。死んでいる、もう生き返らない、と。

近くに住むサラ子に電話したら、すぐ出た。サラ子もここ数日、いや数週間、身構えていたんだと思う。ダディが死んでるみたいと言うと、すぐ行くと言い捨てて、十分もしないうちに飛び込んできた。

サラ子が看護師を呼んだ。看護師は三十分くらいで来た。そして確認した。サラ子は、あたしがぼんやりしているうちに、いろんな手配をしてくれた。ホスピスや、葬儀屋や、大学にいる末っ子トメを帰らせる飛行機や。東海岸に住む息子（夫の長男で、あたしと同い年）にも知らせ、ベイエリアに住むカノコにも知らせた。そのうちにも夫の顔はどんどん変化した。あたしが気がついたときには、死んでるのか死んでないのかわからなかった。数時間経ったらはっきりした。ベッドに寝ているのは死んだ夫だ。葬儀屋が来て、死んだ夫を運び出し、空になったベッドが残った。その上に葬儀屋が置いていったバラが一輪。赤くて、とても赤くて、目に沁みた。

トメが帰ってきた。夫の実子で、年取ってから生まれ、思春期のときは熾烈な戦いを父に挑んでいた子だ。

物事は粛々と進んだ。あたしはただついていくだけだった。葬儀屋のオフィスで段取りを決めたり、死亡証明書を申請したりしてるときに「お骨を箸でつぼに移したりしないんですか」などとジョーク（のつもりだがちっともおかしくない）を言って、娘たちに叱られたりもしていた。

安置所の夫はむやみに色が脱けて、まっ白になっていた。口は閉じられ、首元まで布で覆われ、まっすぐ上を向いて目を閉じていた。ベッドの上で口をぱかっと開けて死んでいた、さっきまでの夫らしさはどこにもなかった。娘たちが抱き合って泣いた。すすりあげ、しゃくりあげて泣いた。サラ子の鼻から鼻水がずるずると垂れ、長く伸びて、死んだ夫の額に滴《したた》った。若い女がこんなに洟《はな》を垂らして慕《した》い泣いている。これが十歳のときから世話してもらった継子だ。父としての資質には大いに不満があったけれども、案外悪くなかったのかもしれなかった。

死んじまえと何度

人が花をくれた。

夫は自分のアトリエで死んだ。大きな絵を立てかけてある壁の前にベッドを置いて、五日間そこで生きて死んだ。

花が届けられたとき、もうベッドは片付けてあった。キャスターつきのテーブルがぽつんと残っていた。もらった花をそこに置いた。そしたら花がまた来た。いくつも来た。

それで大きなテーブルも出して、花を置いた。カードが来た。いくつも来た。そこに立てた。びん入りの香料つきのキャンドルをともした。最後まで使っていた携帯(それであたしをしきりに呼んだのだ)とコンピュータとめがねを置いた。それからスコッチグラスに水を入れて置いた。水は毎日替えた。写真も置いた。赤ん坊の孫を抱いてのどかな顔をしているやつだ。日本の友人がお線香をくれた。「御霊前」と書いてあった。海辺から砂をひとつかみ掬《すく》ってきて、天草焼のぐい飲みに入れて、そこにお線香をさした。こっちの友人がスコッチを持ってきて、夫のいつも使っていたグラスについで供えてくれた。筋金入りの無神論者だったはずの夫が、いつのまにかすっかり日本の習俗の中の「ほとけさま」みたいになって、花に埋もれていた。

初七日、二七日《ふたなのか》……三週間目に、家族一同みんな集まって、火葬して（それまで葬儀場の冷凍室に安置してあった。こっちでは普通のことらしい）、友人知人おおぜい呼んで、とむらいパーティーをした。そして、誰もいなくなった。

夫のことは、死んじまえと何回何十回思ったかわからない。でもほんとに死んじゃったら、これがぽっかりと空虚なんだ。

空虚だろうと前々から想像していたけど、こういう空虚さだとは予想もしていなかったタイプの空虚さだった。ああ、うまくいってない古夫のいる女たち、みんなに言いたい。このたびあたしは身をもって知ったのだ。

寂しい。ほんとに寂しい。

生きてるうちに大切にしとけということではない。まったくそういうことではない。

自分が生き延びるほうが優先事項だ。相手の言うままずるずると生きていったら、自分の人生なんかゴウもなくなる。相手のことなんか足蹴《あしげ》にして生きていいのだ。

それでも、死なれると、ただ、寂しい。

どんなにうっとうしくても、不満ばかり言われても、生きていてくれさえすればいいと思いもする。夫の表情を思い出して涙がにじむ。何の涙か、何を懐かしがってるのか。生きてる間はむかつくばかりだった。

恋愛に陥っていた数年間は、甘ったるい雰囲気をカモし出していたし、そういう眼であたしをねっとりみつめることがあった。でもそんな期間はすぐ過ぎた。あたしが夕食の支度をする間、夫は台所に座り、あたしにワインをついで、チーズでもつまみながら、自分はスコッチというのが毎晩の習慣だった。いつも仕事場にこもりきりで、そんなときくらいしか顔を合わせて話をする機会がなかったのだが、じっくり話をしようとすれば、意見が対立して、ケンカになった。そして食事はだいなしになった。

ほんとに、死んじまえと、何度思ったかわからない。意見が対立すると、相手を打ち負かすまで議論せずにはいられない男だった。妻だろうが、子どもだろうが、同僚だろうが。言葉で崖っぷちまで追いつめていくのだ。

こんなに相手を追いつめて、完膚《かんぷ》無きまでに打ち負かして、いったい何をしたいのだろうと、何度も不思議に思ったものだ。子どもを育てているなら子どもにプラスになるよう導いてやるべきだし、いっしょに生きていく仲であれば白黒つけないのも方便ではないか。その上、いったん感情がこじれると、何週間も口をきかなくなったから、その間は、いやまったく(ため息……)針のむしろだった。

子どもらがいなけりゃ、とっくに日本に逃げ帰っていたと思う。いや実際、子どもも犬も連れて、逃げ帰ることを何度も夢想した。ハーグ条約なんかクソ食らえだった。

このあたしが、人に「自分らしく生きるべし」なんて言ってるあたしが、「子どもさえいなければ」を口実に自分の生活を不本意なままずるずる引き延ばしてるなんて、なんてざまだ。そう思うと悔しかったけど、動けなかった。それが現実だ。そういう生活を送ってきた。

それが、数年前から夫の体力が衰えた。口論が減り、口論しても、追いつめてこなくなった。あたしに頼るようになり、全身の重みをかけて、あたしに取りすがるように、最後の数ヵ月を生きて、死んで、いなくなった。

今は自由だ。ほんとに自由だ。ケンカもない。口論もない。好きなときに食べて眠る。好きな時間まで犬とほっつき歩く。ほっつき歩いて、暗くなった家に帰る。すると、犬に話しかける自分の声がやたらにひびく。

仕事場にこもっているのも、そこにいないのも、あんまり変わらない。そう思うんだが、やっぱり違う。家の奥の仕事場のあたりにあたしを待つ気配があった。今は何もない。

室内の空気は静まりかえり、あたしのたてる音がひびく。間取りも、家具も、壁に掛けた絵も、夫がいたときのまま、繁茂する観葉植物もまったくそのまま。植物たちは、人が一人死んで、いなくなったことに気づいてもいない。台所に立ってるのはあたし一人だ。

窓辺に立って外を見ても、外を眺めているのはあたし一人だ。

これでも生きられるというところへ

食べるっていうことが、この頃、ほんとうにつまらない。

三ヵ月前に夫が入院して、家からいなくなってまもなく。あたしは行きつけの店でいつものように買い物してたんだが、かごに入れたのは牛乳と卵だけだった。ふと考えた。

ああ昔みたいに、安くておいしそうなもの、食べたことのない、でも食べてみたかったもの、自分じゃなく家族のだれかが好きそうなものを、料理方法を考えながら山のように買って、車いっぱいにつめこんで帰るなんてことはもうないんだな。あれこれ材料そろえて何時間もかけて料理をするなんてこともないなと思ったら、涙が出た。

ふん、ただの感傷であります。

末っ子のトメがピアノをやめたとき、ピアノのふたをぱたんと閉じた。そのとき、娘三人がみんな世話になったピアノに感じた感傷とよく似ていた。

ここに住み着いて二十数年になる。夫が一人、娘が三人。みんなよく食べた。毎日料理して食べさせた、肉か魚をメインにして、米（か麺かパンか芋）を添えて、野菜の皿を二、三品。

ディナーに人を呼んで接待するのがこっち式のつきあいだ。夫は人を呼ぶのが好きだった。だからときどき十人前、十二人前という量の料理をした。

家族の人数はどんどん変わる。六年たって娘が一人家を離れた。二年してまた一人離れたが、この子は数年して帰ってきて、また出ていってまた帰ってきて、しばらくしてまた出ていった。そのすぐ後に、最後の子が家を離れた。それが三年前で、それ以来、夫と二人きりだ。犬もいたけど、まあ今は人間の話をしている。

二人になってからも、料理はいつも四、五人前作った。つい作っちゃうのだった。その上ここ一年くらいはあれだけよく食べた夫が食べなくなり、食卓がじつにつまらなくなり、しゃべることもなくなり……そういうときは料理もなんかうまくできなくて、この頃へたになったと呟くと夫が「そうだね」とうなずいて、むかついたりしたのであった。そのうち夫も入院していなくなった。

ああ、食べるって、ただおなかを満たすだけじゃない。人との関わりだ。つながりだ。仏教でいったら縁起なのだ。

今は同じものばかり食べている。グラノーラ。牛乳。卵。バナナ。ブルーベリー。アーモンド。アボカド。昼も夜も朝食のようなものを食べるだけだ。牛乳が大好きで、ごくごく飲む。

たまにこれじゃ人間じゃなくなると思って、ブロッコリ。きゅうり。これじゃカッパで、人間に戻れてない。大好きだったほうれん草や白菜も、めんどくさくて買ってない。

おなかを満たす以外の、嗜好品として切らさないのは、ビールとワインとポテトチップスとチョコレートとようかん。

若い頃はいつも摂食障害を引きずっていたから、ポテトチップスやチョコレートなんて、開けるやいなや、食べ切らずにはいられなかったものだが、この頃はそんなことはない。食べたいだけ、少しずつ地道に食べられる。更年期もすぎて、こういうところはほんとに落ち着いた。しかし落ち着いてるのはここだけで、全体は殺伐としているのだった。

煮炊きするといったら、ブロッコリをゆでるのと、後はオムレツ、ゆで卵。

卵料理でいちばん好きなのは卵かけごはんなのに、冷凍ごはんを切らしてしまって、炊く気にもならなくて、それっきり食べてない。

いやもう一つある。鶏の胸肉。一度に大量にローストして小分けして冷凍する。これは犬が喜んで食べる。犬にやってあたしも食べる。他者とともに食べるという食事の基本があるから、料理ができるんだなと何度もしみじみ考えた。

山賊みたいに台所で立って食べる。仕事場に運んでいって仕事しながら食べる。二分もあれば食べ終わる。

犬のほうが、きまった食器できまった場所で「まて」をしてから礼儀正しく食べている。

というあたしの暮らしを見て、サラ子が、「おかあさんの食生活は、今はやりのパレオダイエットみたい」と言い出した。

それは何かと聞いてみたら、石器人の頃の、ヒトが狩猟採集生活していた頃の生活に戻れというダイエットだそうだ。

なんかかっこいいじゃんとあたしは得意になったのであるが、よくよく調べてみると、旧石器人だから、野菜、根菜、果物、ナッツ、肉を食べる。乳製品、穀類、豆は食べない。砂糖、塩、油、アルコール、コーヒーも摂らない。つまりこれによると、あたしの常食はみんなだめだ。ポテトチップスもだめ。チョコレートもだめ。ようかんも牛乳もビールもワインもだめだ。

だから、ちょっと似てるというだけで、それをやってるとは思わないことにした。

心はもうすっかり新石器人だったので、たいへん残念だ。

実はもう数年、血糖値が高くて、炭水化物を控えよと医者に言われている。こういう食べ方を知らず知らずのうちにしていたのは、医者のことばが頭に残っていたせいもあるかもしれない。

パレオであろうがなかろうが。

こんな生活をしているのに、ちっともやせないし、調子も悪くならない。カロリーも栄養もちゃんと足りているのだろう。

これでいいじゃんと思うとなんだかな。今までの人生がむなしい。

必死になって買い物に行き、必死になって野菜や魚や肉を買い込み、必死になって料理して、「スープ」に「メイン」に「野菜」に「サラダ」、「パン」に「ごはん」に「デザート」と、お皿に盛って、食べ物に合う飲み物を選んで、きちんとならべて、とやってきたあの何十年の日々の価値観。ありゃ、なんだったのか。

書いてすっきり

熊本に帰った。地震後二回目の帰郷であった。地震から二ヵ月ちょっと経っていた。空港はぼろぼろ、町もぼろぼろ。

地震の一ヵ月後、夫の死の直後に帰ったときには、街角にがれきが積んであった。建物には亀裂が入っていた。お城の天守閣からは両端のしゃちほこが取れており、あの美しい石垣は無残に崩れていた。

今回は、建物には覆いがかけられ、その中では修理がちゃくちゃくと進み、あるいは取り壊されて更地になっていた。タンクローリーやダンプカーが町を走り、あちこちの通行止めは解除されてなく、道は混雑して、疲れた人々の運転はひどく荒かった。信号無視したり割り込んできたりする車の一台一台が、他人のことなんか、知らん、知らん、と歯を食いしばっているように見えた。六月に入って大雨が降ったせいで、お城の石垣はいよいよ激しく崩れて、なだれ落ちていた。

残してあるあたしの家は幸い被害はあんまりない。でも落ちた本で足の踏み場のないまま、空調は壊れたまま、壁には亀裂が入り、お風呂場のタイルがはげ落ちたまま。

たいしたことのない被害だから、業者を呼んだって来てくれない、ほかのもっと深刻な被害で忙しいからと隣人に言われて、そのまま放ってある。数年後、おおかたの被災者が家の修理を終えた頃に直そうと思う。

それを友人たちに語ると、共感をこめた表情で聞いてくれるが、友人たちの状態はそれよりひどい。家が半壊だったり、壁が落ちたり、床がぼこぼこしていたりする。みんなその中で生きている。熊本空港みたいな公共の場所も、ふと上を見ると、照明はゆがんでいる。天井はひしゃげている。……なんだか思うのだ、これはこれでいいんじゃないか、ぼろぼろの傷だらけ、完璧でない、足りない、きれいでない、そういう状態で暮らしていくのも、いいんじゃないか。

そんなことを考えながら、熊本空港から伊丹空港に飛んで、伊丹からバスに乗って、京都駅についた。すると不思議。建物には亀裂が入ってないし、道はでこぼことゆがんでない。京都には古い木造の家がいっぱいあるのに、どれもひしゃげたりかしいだりしてない。不思議の国に来たような心持ち。

ああ、熊本の状態が、あたしのあたまの中で、すっかり常態になっておるのだ。

あたしは今、寂庵に通っている。寂聴先生と対談本を作るという企画なのに、企画そっちのけで、あたしは人生相談をしている。いや、得意なのは答えるほうなんだけど、このたびは、このたびばかりは、あたしが相談している。寂聴先生に人生を。何もかも。　洗いざらい。自白剤を飲んだみたいに。今まで人に話していなかった、書いてもなかったあたしの悩み。こうして話し出してみると、あるわあるわ、話しても話しても出てくるのだ。

今まで人に話していなかった、書いてもなかったと思っていたけど、確実にあたしの中に凝りかたまって、何かの原動力にもなっていた悩み。

寂聴先生が、こんな話、本にできないわね、と言いながら、あの僧形で、耳を澄ましてくださる。話が込み入ると、ワインを出してくださる。くるくるワイングラスを回す手つきが、まあなんともかっこいい。いつかあたしもおおきくなったら、あんな手つきでワインを飲めるようになりたいと思えるような、そういう手つきだ。椅子にからだを沈め、あたしの目をのぞき込むような姿勢で、耳を澄ましてくださる。感想も意見もさしはさまない。何も言わずに、ただ聞いてくださる。そしてときどき、あたしのことを無邪気だとか正直だとかほめてくださる。すると不思議。抑えこんでいた悩みが、ものすごくまっとうな悩みに思えて、人生の大通りのど真ん中を、リラックスして歩いている気になる。

先生は「小説を書きなさい」とおっしゃった。これは数号前の『婦人公論』で、小保方《ぼかた》さんにも勧めておられた先生の秘策であった。

そういえば……。前回、前々回、前々々回、あたしは死にゆく夫について書いた。

夫の死について書いた。それしか書くものがなかったし、それしか書きたくなかった。書いた、書いた、るると書いた。『婦人公論』だけじゃない、同じネタ（夫の死は、たった一つあるきりだ）でくり返しいろんなところに書いた。その中の一つが文芸誌の『文學界』。ここにはエッセイというより、詩、小説、そんなようなつもりで書いた。『文學界』を書き終えたとたんに、道ならすっとんと、向こう側に突き抜けた。

どこをどう歩いたら突き抜けたんだろうとこれも不思議でたまらない。でも、そういえば。父のこともそうだった。『父の生きる』という本を書いたら突き抜けた。離婚した時もそうだった。『ラニーニャ』という本を書いたら突き抜けた。

夫が死んでしばらくしょげていたから、娘たちがときどき電話をかけてきたのだ。こないだ「もう大丈夫、書いたらすっきりした」と言ったら、娘が「おかあさんはいつもそうだよね。書いて前に進む」と言った。

ちっ、解られていたかという思い。

そのとおりだと胸を張る思い。

先生のおっしゃったのはコレかと、目をみはる思い。

こぶとりが、かちかち山で何を着るか

夫がいなくなってから、あたしは、各種心労と石器人ダイエットと犬の散歩とで、首尾よくやせたんじゃないかと思ったが、やせてない。もうあたしは、ちょっとやそっとのことではやせないのかもしれない。そういう時期になっているのだと、更年期の頃にも痛感したことをこの頃ますます痛感する。

今は八十三になる叔母と八つ年上のもう死んだ母が若かった頃、「あら、あんた、また太ったんじゃないの」「ねえちゃんこそ、また太ったんじゃないの」とつかみ合いのような会話を笑顔で交わしていたのを、怖ろしいものだと、子ども心に見ていたものだが、その叔母が、いつだったか、やせないやせないと言うあたしに「八十になれば、みんなやせるよ」と言った。それが心から離れない。

こないだは寂聴先生に、「若いうちは（というのはあたしくらいの年頃という意味）ちょっとこぶとりのほうがいいのよ、あたしは今はこんなにやせちゃったわ」と言われた。それも心に残っている。

カリフォルニアでは、日に焼け、砂ぼこりと犬の毛にまみれて、野良着のようなものを着て暮らしている。だから告白する。日本行きの飛行機に乗る前夜、あたしは、何時間も鏡の前で悩み抜くのだ。東京の地下鉄のホームの、六本木や渋谷の、日本の女たちの中で、歩いたりしゃべったりしている自分がどうしても想像できなくて、何着ていいかわからなくなって途方にくれてしまうのだ。

日本の女はみんなやせてて色白で、日焼けに気をつけて、金のかかった服を着ておる。そんな中に、この土臭いおばーさんがのそのそと入っていって、伊藤比呂美ですとどの顔して言えばいいのか。

ずっとそうだった。自分らしく装うことができないで悩んでいた。ところがここ一、二年すごく楽になった。同じものしか着なくなったからだ。

何を着るかと言われれば、えへん、黒いTシャツと黒いジーンズなんである。

True Religion という、若者向けブランドのロゴ入りTシャツ。そのロゴがひらがなの「ひ」、比呂美の「ひ」。見つけたときには驚いた。つい買って着てみたら、自分のプライベートブランドみたいになじんだ。それ以来、東京に行く前日に、うちの近所のアウトレットに走り込んで、同じようなのを数枚買ってきて、日本にいる間、それを着回す。この「ひ」、店員にどういう意味かと聞いてもだれも知らない。知らざあ教えてあげましょうと、「これは、日本の文字のあたしの名前のイニシャル」と言ったら、「おーまいがっ」と言われた。とにかくそれしか着ない。

ジーンズは黒のスキニー。あたしがはくと、スキニーじゃなくなるが、ベルボトムを卒業した頃からずっとこの色この形。太めになって、あの頃に戻っただけだ。

これは、実は、谷川俊太郎さんのマネだ。谷川さんのTシャツとジーンズ。Tシャツは何気に凝ったレアもので、そこで主催者への敬意をちゃんと表している（たいていイベントでお会いするのだ）。一時はマサイシューズをはいておられた。だからそれもマネしている。あたしのは本物より一万円くらい安い、韓国製のジェネリック品だけど。

スタイルを決めてからはほんとうに楽になった。日本に行くまえに必ずTrue Religionの店に行って、Tシャツを数枚調達するだけで済む。それだけで戦う気まんまんになれるのだ。

髪はもう十数年来、ソバージュっぽい蓬髪《ほうはつ》で、イメージは「山姥《やまんば》」なんだが、去年、六十肩で腕が上がらなくなり、ズンバのときに髪を結べなくなり、暑苦しくて肩で切った。そしたらたいへん楽なので、そのままにしてある。髪は、切らないほうがいい、長くて垂らしているほうがいい、肴はあぶった烏賊《いか》でいいと注文をつける夫も、もういない。

そして肩かけの鞄は、キャンバス地のエコバッグ。「世界に羽ばたく伊藤製作所」と書いてある。あたしには『伊藤ふきげん製作所』という本があるのだが、これは、たまたま実在する伊藤製作所という名前のTシャツ屋の製品だ。

この恰好で人前に出ると、人々が「若いですねえ」と呆れてくれる。でも自分で自分の写真を見ると、ぞうっとする。谷川さんとはだいぶ違う。あのシュッとした感じが出ない。若作りというよりかまわない感じが全面に出て、小汚くも貧乏くさくもある。やっぱ、お婆さんがお爺さんのマネをするのは、ビジュアル的に無理なのかもね。

日本にいる読者諸姉にはなじみのない光景であろうが、こっちではときどき、フリーウェイをハーレー・ダヴィッドソンにまたがって、何人かでつるんで走り抜けていくバイク乗りたちを見るのだ。映画の『イージー・ライダー』みたいに。あの時代から先に進んでないみたいに。男たちはすっかり太って、残った髪を落ち武者みたいにはためかせ、髭で顔を覆い隠している。ケツに乗ってる女たちは、七〇年代のファッションのまま、やっぱり老いて太っている。

ああいうものなのかもしれないと考えた。

漫画雑誌が読者といっしょに年取っていくように。マンションが住民ごと高齢化していくように、あたしたちも、あたしたちが若かった頃のジョークや歌や文化を握りしめて、世代とともに年を取る……。ここまで書いたら、同い年の友人たちの、あんただけだ、いまだにそんなカッコしてるのは、という声がどこかから聞こえてきた。

ハンニバルと夫

この頃、暇さえあれば、パソコンで、『ハンニバル』というテレビドラマを見ている。映画の『羊たちの沈黙』や『レッド・ドラゴン』『ハンニバル』といったレクター博士もののドラマ版で、レクター博士にマッツ・ミケルセン、FBIのプロファイラーに甘い顔をした若い男。この男がレクター博士に手玉に取られて憔悴していくのが気の毒でたまらない。毎回猟奇殺人が起こるけど、話の中心はレクター博士とその若い男だから、猟奇なわりには怖くない。ドラマは一回は短くても一シーズンは映画よりずっと長いから、心理描写はていねいだし、お決まりシーンもあるしで、すごく見やすい。

テレビとは縁がなかった前半生、まさか自分が、こんなにドラマ好きになるとは思ってもみなかった。

数年前、夫はいろんな人にドラマをすすめられて見はじめた。ちょうどNetflixみたいな映画の定額ストリーミングサービスが普及して、質のいいテレビドラマが、シーズンごとごっそりと見られるようになった頃だ。夫は毎晩、自分の仕事場にひきこもって、自分のコンピュータで、古今東西のドラマシリーズを見た。いっしょに見ようといつも誘われたが、あたしは見たくなかった。

いや話を急ぎすぎた。少し前に戻る。

昔、うちに子どもがいた頃、映画は家族で見ていたし、見るものだった。そのためのDVDは、レンタルDVD屋で借りてきた。ところがだんだん娘たちが外れていった。宿題があるとか見たくないとか。当然である。で、最後に残ったのが夫とあたし。そしてそれが、あたしはすごくいやだった。

なにしろ、見たい映画がぜんぜん違う。夫は、あたしがアラいい男と思って、もっと見たいと思っているような俳優たちには興味がないし、見たいのは、出合い頭に撃ち合いするような、宇宙船が冒険するような、そんな映画ばっかりだ。あたしは撃ち合いも、ハラハラドキドキも大っ嫌いなので、始まったらトイレに逃げ込んで、人が死ぬのを、あるいは生き延びるのを、待つしかなかった。

そのうえ夫は、いったん見はじめたら集中したいタイプで、話しかけると露骨にいやな顔をした。あたしは違う。映画館じゃないんだから、「こわいね」とか「助かったね」とかささやきあいながら見ていたい。

わからないところを聞いたって、集中する夫は画面を見つめたっきり、何の説明もしてくれなかった。これはあたしの特殊事情だ。つまりこっちで手に入る映画には、日本語字幕がついてない。そしてこんなに長く暮らしているのに、あたしには映画の英語が聞き取れない。だからDVDやストリーミングに耳の不自由な人のための字幕がつくようになって、ずいぶん助かる。単語はわからないし、読むのは遅いが、それでも、ただ聞いてるよりはよっぽどマシだ。

しかし、しかしである。

Netflix に加入して、コンピュータの画面でストリーミングで見るようになってから、映画の見かたが変わった。映画そのものの性格が変わった。家族の娯楽じゃなくなって、一人一人の単独行動になったわけだ。いや……ほっとした。セックスしなくなったときと同じくらい、ほっとした。

一人で見るようになってからも、夫はあたしを誘いつづけた。締切が終わったときなんて待ち構えるようにして、「Do you want to watch a movie?」と聞くのだが、それは決して、いっしょに見ませんか、というニュアンスじゃない。なんかもっと押しつけがましい。want というのは「ほしい」「したい」だと中学一年のときに習ったわけで、「Do you want」と聞かれたら、あたしは即座に、「のー、あいどんと」と答えたかった。

そのたびに、「今日はちょっとその気にならない」とか「まだ締切があるから」とかのらりくらりと断っているうちに、何を断ってるのかわかんなくなっていた。

セックスの不和が夫婦を根腐れさせる、とあたしは経験から、また人生相談回答者の経験からも知っておる。コレもアレじゃん……。そう思うけど、見たくないものは見たくない。今となっては、なんでそんなに見たくなかったのかわからない。いっしょに見ると、見てしまうと、何かが崩れるような気がした。自分が自分でなくなるような気がした。たかが映画なのに、おかしなことだ。

思い出せば、父のときもそうだった。いつも父に、テレビをいっしょに見ようと誘われた。もっといっしょに見てやればよかったと、死んでから後悔した。でもあのときもやっぱり、老いて死んでいく父の、無為の、負の、うずまきみたいなものに呑み込まれそうになって必死であらがっていたのだ。

ところが今、あたしはこうして暇を、すき間家具のような暇を見つけては『ハンニバル』を見てるじゃないか。

もちろん夫がいたら、とうていできるような見かたじゃない。字幕を読みつつ、わからないことばがあると、すぐに画面を止めて辞書を引く。二秒おきに止めたりもする。見ているというより読んでいる。こんな好き勝手な見かたをできるようになって、解放されたなあと思うけれども、もう少しいっしょに見てやればよかったと後悔もする。どんなにうずまきに呑み込まれたって、生きてるものは死にゃしないのに、何をムキになってと、なんか自分が情けない。

はじめての二世帯住宅

夫が家をあたしに残してくれた。ありがたいことではあるが、ローンが残っているので払わなくちゃいけない。今まで、ローンも水道代ガス代電気代も食費も家の修理費も車の維持費もぜんぶ折半で暮らしてきたのに、いきなりぜんぶ、あたしの双肩にかかってきた。おまけにあたしは正式の妻じゃないから、夫の収入だった年金はもう入ってこない。

その上せっかくくれた家は、売るに売れない。家の半分は、夫の作品で埋まっている。壁という壁に夫の絵がかかっている。夫はけっこう有名なアーティストで、作品にはけっこうな値段がついている。でもめったに売れない。値段を下げれば売れるんじゃないのと夫に提案したことがあるが、それはないとキッパリ言われた。あたしゃしがない詩人であります。今だっていっぱいいっぱいなのに、これ以上どうやってお金が稼ぎ足せるのかと途方に暮れていたら、近所に住んでいた次女のサラ子とそのパートナーが二階に引っ越してきて、ローン代くらいの家賃を払ってくれることになった。捨てる神あれば拾う神あり、はじめての二世帯住宅だ。

うちの間取りを説明しよう。カリフォルニアの家だから普通にでかい。このへんはみんなこんなふうだ。一階には台所とリビングと客用の寝室があり、奥に夫の仕事場がある。その間に小部屋が三つあり、長女の部屋、次女の部屋、あたしの仕事場……だったのだが、だいぶ前に長女の部屋は改装されて夫の作品置き場になり、次女の部屋は物置になった。二階には夫婦の寝室と、末っ子の部屋。昔、みんなで映画を見ていた大きなスペースもあったが、そこもまた夫の作品置き場に改装された。

夫が二階の寝室に上がっていけなくなってから、あたしたちのベッドを一階の客用寝室に下ろして、夫はそこに一人で寝るようになった。あたしはサラ子の部屋つまり物置に入りこんで、娘のシングルベッドに仮寝した。つまりもうとっくに家は、大きな地震で揺り動かされたような状態だった（あたしが言うとシャレにならない）。そこにサラ子たちが移り住んできて、物を動かし、物を捨てても、何も変化はないのだった。そして、あたしはそのまま物置に住み着いて、シングルベッドで犬たちと寝ている。「三にん（人＋犬＋犬）用の大きなベッドを」が今のあたしの願いなのだ。

ひとりのときは寂しかった。何が寂しいといって、犬の散歩から帰り、台所で、ごはんとも言えぬごはんを食べ（鶏の焼いたのを犬たちと分けて、後はポテトチップスとか）、食べ終わった後、台所の窓から通りを眺めるのが寂しかった。

二人が加わっても、あたしの生活はあんまり変わらない。人の気配はする。車は外に停まっている。台所とリビングは共用しているから、冷蔵庫はふたたび食べ物でいっぱいになったし、二人が夕食を向かい合って食べるのも見る。アメリカの家はトイレやシャワー室が複数あるから、かれらのバスルームとあたしのバスルームは別々だ。ゴミの日にはゴミを出してくれる。頼めば犬の散歩をしてくれる。頼めば重たいものを動かしてくれる。それ以外は没交渉である。

二人が連れて来たホオミドリウロコインコのぴーちゃんが（もともとはサラ子のペットだったが、彼女が出て行ってあたしが世話をしていた。その後サラ子が引き取った）、人の出入りがあるたびにぴーっと陽気な声で鳴きたてる。二人が犬の世話をしないように、あたしもぴーちゃんの世話はしない。二人が外から帰ってくれば、犬たちは喜んで迎えるが、二階にまではついていかない。そしてそれが、あたしが期待していた形なのだ。

その前に、経験を話そう。あたしは昔、二世帯住宅ではなかったが、それに近いものを経験して失敗したことがある。

一九八九年か九〇年。熊本に住んでいた頃。前の夫と娘ふたり（カノコとサラ子）とあたしは一年間ポーランドのワルシャワに行って住んだ。あたしたちがポーランドに住んでいる間に、あたしの親が東京から熊本の、味噌汁が冷めるか冷めないかの近距離に引っ越してきた。孫の世話は、する気まんまんであった。帰国してから、近所の幼稚園に入った子どもたちは、父が毎日迎えに行って、父の家に連れて帰り、本を読み聞かせ、母の手作りおやつを食べさせ、あたしは夜に迎えに行けばよかった。ごはんはできていた。自分の親は使い勝手がよかった。楽になったねと前の夫とも話していたもんだ。でも、少しずつ何かおかしくなっていったのだ。

あたしは妻の顔を少しはずして、娘の顔を見せちゃったんだと思う。あたしたちがいずれ離婚しなくちゃならなかった運命だったとしても、あれで多少早まったと思うのだ。だからサラ子には言ってある。没交渉優先、パートナー優先、と。そしてサラ子ももちろん、あたしを優先する気遣いはまったくない。そこはアメリカ式なドライさできっちり分けている。二世帯住宅というより、ハウスシェア？

と、ここまでは落ち着いた話なんだけどね、期待せぬ刺激というか、計算外の目の保養というか、喜びがあったわけですよ。

それがサラ子のパートナーの、三十歳の男の肉体。

今まであたしの家庭には、娘はたくさんいたが、男がいなかった。夫は萎びた老爺であった。前夫は初めは若かったが、こっちも若かったから、肉体は若くてあたりまえだった。しかしあたしの母が、前夫のものを洗濯するたびに、ああ臭い、ああ臭いとうれしそうに言っていたのを覚えている。

そしてこの男、三十歳、短髪でちょっと薄髭。カリフォルニアの若者らしく、健康な食生活をして、日々よく体を鍛えている。筋肉もりもりの締まった体がタンクトップに短パンで、二階からとんとんと降りてくるときの、その光り輝く美しさといったらないのである。鼻血が出る。

はじめてのフェイシャル、そしてマッサージ

ズンバはどうした？　とよく聞かれる。『閉経記』であのように高らかにズンバについて語ったせいだ。

実は、長い間、あまり行ってなかった。全盛期は週十二回行っていた。それが週一回行くか行かないかになっていた。夫の介護でそれどころじゃなかったのだ。犬の散歩は欠かさないから、運動は足りていたと思う。

この頃やっとまた行きはじめた。ひさしぶりに顔を出したとき、おお、長く見なかった、どうしていたか、とみんなが声をかけてくれた。夫はどうした？　と聞くから、死んだ、それでまた来られるようになったと言ったら、みんなが悼《いた》んでくれた。ズンバの先生は二年前に夫を自殺で亡くしていた。三年前に夫が病気で亡くなったという女もいた。夫が現在癌で闘病中という女もいた。みんながハグして悼んでくれた。この仲間感が悪くなかった。轟音で音楽を鳴りひびかせて腰を振ったり回したりして踊りくるって汗だくになって、終わるや後も振り返らずに別れる、一期一会みたいな仲間なのだ。

きのう、フェイシャルというのをやった。夫が死んだ後、友人のCがフェイシャルのギフト券をそっと手渡してくれた。

Cはズンバの友人たちよりもっと近い。夫亡き後、あたしがあたしを全開にして英語でしゃべれる数少ない友人のひとりだ。夫たちが同業だった。彼女の夫は十年前に亡くなった。それからなんとなくCとあたしは親しくなった。犬同士も仲良しだから、今は毎日いっしょに散歩に行く。

Cは夫を亡くしてしばらくして恋人ができた。その頃からフェイシャルに行きはじめた。何度もすすめられたが、あたしは興味がなかった。今回ゲスト券をもらったときも、実は、ちっ面倒臭いものを……と思った。それで一向に行かなかったから、Cがとうとうあたしのために予約を入れてくれた。あたしは……うう、白状する。実はシャイだ。とくに英語の環境では人が変わったみたいにシャイだ。電話するのも新しい人としゃべるのも、おっくうで、気後れして、しかたがない。

それでしぶしぶ行ったわけだ。そしたらCとはもう十年近いつきあいというエステティシャンがカリフォルニアな気さくさであたしを迎えてくれ、トリップしそうな匂いの薄暗い部屋で、あたしは裸になり、何もかもを彼女に委ねた。顔を蒸され、ぬるぬるしたものを次々に塗りたくられ、撫でられ、こすられ、つつかれた。肩や首のマッサージまでされた。いろんなことを考えられるから坐禅みたいと思ったが（坐禅の最中はよけいなことを考えちゃいけないのだがあたしはつい考える）、やっぱり違った。気持ちがよすぎた。あたしはとろとろと意識を失いさえした。めくるめく快感というのはセックスのときに使いたい表現だったけど、こんな穏やかな刺激の中でもめくるめくことはあるんだなと驚いた。極楽というところがあるなら、フェイシャルやりっぱなし、みたいなところだろうとも考えた。金さえあれば続けて来たいが、その金がない。もしあったとしても、今はまだ他の使い道があって、ここに使うにはちょっと惜しい。そういう体験だった。

実は、マッサージなら、月一でやっている。ズンバのために通っているジムは各種機械やグループエクササイズがあるが、同時にマッサージやフェイシャルもあるスパ兼用だ。

まだ夫が生きてた頃、ある日腰が動かなくなった。介護のストレスというより、座りっぱなしでやっていた締切のストレスだった。ぎぎぎと腰がきしんだ。それでマッサージをしてもらおうと思いついた。人と交渉するのもマッサージセラピスト（とこっちでこう呼ぶ）と向き合うのもおっくうだったが、背に腹は替えられない。幸いなことにズンバのインストラクターがセラピストの一人で、知ってる人だったから、なんとか「行く」という最初のハードルはクリアした。そしたら効いた。ものすごく効いた。そのとき、運動だけのベーシックプランから月一マッサージつきのお得プランに変えた。月一で会ってるから、もうずいぶんその人の存在やしゃべり方に慣れた。で、それが素手なのだ。

こっちは、医療関係者が患者にさわるときには使い捨てのビニール手袋をはめて、終わると捨てる。病院でもリハビリ施設でも例外なく。血液検査だ内診だというならともかく、ベッドから車椅子に移動させるときも、シーツをひっぱりあげるときも、躊躇《ちゅうちょ》なくそれをはめて、終わると捨てる。しかたがないことなんだろうけど、奇妙な感じだった。「自分が汚いもののように思える」と夫がつぶやいたこともある。それなのに、マッサージは素手だ。それでこんなに効果があるのかもしれない。

夫が死んだ二、三日後、あたしはなんだかふーっと息を吐いた。そのとき、あの素手を思い出した。あたしは、とにかく普段はシャイで人と関わるのがおっくうで、こんなふうに普通と違う行動をほんとに取りたくないのだが、そのときは、果敢にジムに電話して、月一のプラン以外でマッサージを予約した。いつものセラピストにはさ来週まで空きがなかった。でもあたしはへこたれずに突き進んだ。「誰でもいい、今日やってもらえるなら誰でも」と。

そうなんだ。知らない人でもいいから、素手で、皮膚に、存分にさわってもらいたかった。それがマッサージの効用だ。

ケネス・ブラナーが怒鳴る、夫も怒鳴る

すいません、またテレビドラマの話ですが。『ハンニバル』はもう飽きて、今は『刑事ヴァランダー』を見ている。

『ハンニバル』の主役は、マッツ・ミケルセンの演じるハンニバル・レクター。いい男だが、あまりに完璧なサイコパスで、取りつくシマがなかった。それに比べて『刑事ヴァランダー』の主役は、ケネス・ブラナーの演じるクルト・ヴァランダーという刑事で、中年で、小太りで、髪は半白、糖尿病でワーカホリック。成人した娘がいる。認知症の父親もいて、老人施設を出たり入ったりしている。なんだかすごく身につまされる設定なんである。その上、同僚がトム・ヒドルストンンン（声をはりあげていますン）。上司のケネス・ブラナーがトム・ヒドルストンをあごでコキ使っていたりする。

原作はスウェーデンのミステリー小説なので、役者はみんなイギリス人で英語しゃべってるのに、場所の設定はスウェーデンで、人の名前もスウェーデン名で、メモや看板や新聞もスウェーデン語で書かれている。でも起きる殺人事件は、人間に普遍的なものばかり、イギリスだろうがスウェーデンだろうが気にならなくなる。

名優ケネス・ブラナーの演技が生々しい。たるんだ仏頂面の彼がふと笑顔を見せると、こっちの心がとろけそうになる。泣きそうになると共感しておろおろする。その上、唇が薄い。無精髭に隠れているが、とても薄い。それが気になってたまらない。下着姿になると、なんだかぶよっとしている。

マッツ・ミケルセンのスタイリッシュでシャープすぎる男ぶりより、日常の延長線上にいるようなリアルさがある。対する女としても、太っていても、たるんでいてもいい、化粧なんかしてなくたっていい、ちゃんと年取っていていいのだと思わせるリアルさだ。

ただ、リアルすぎていやなところもある。ヴァランダーはふつうのおっさんであるからして、短気でキレやすい。ハンニバルは、人は殺すわ、人肉は食うわ、悪逆非道を絵に描いたような男だったが、人に対して声を荒らげることはけっしてなかった。でもヴァランダーはいつも怒鳴っている。一作につき、三度くらいは必ず怒鳴る。犯人に対して怒鳴るならともかく、怒鳴る相手は、たいていの場合同僚たちで、ヴァランダーは、自分の意見が通らなくて、イライラして不満をぶつけて怒鳴っている。そして、あたしは、それがいやなのだ。

ああいう声で、うちの夫がいつも声を荒らげて怒鳴っていた。夫本人は「おれはけっして人に手をあげない」と言い、おのれの冷静さと穏やかさに疑問を持ってないような口ぶりだったが、とんでもなかった。手をあげてぶったり叩いたりしなくたって、議論で相手を追いつめていくのも、怒鳴り声で相手をののしるのも、充分に暴力だ。やられた方は、叩かれるのと同じくらい怖いのだ。さんざんやられて、あたしは確信していた。そして夫はそういう方法で、しょっちゅうあたしに口ゲンカをふっかけていたのである。

あたしら夫婦の間で、使うことばは英語だったから、利は向こうにあった。その上夫は口から先に生まれてきたような人間で、議論が大得意。その上、男の怒鳴り声は、大きくて、低くて、野太くて、とても怖かった。あたしのこの貧弱な英語力と、ともすれば「まあいいじゃん」と逃げたくなる適当な性格で、それと一対一で戦うのは、すごく怖かった。夫以上の大声で怒鳴りまくった。でも何度も追いつめられて、死ぬかと思った。

夫が死ぬ数ヵ月、いやもっと、数年前からかも、夫はあんまり声を荒らげなくなった。ケンカもしなくなった。性格がまるくなったのか、暮らしやすくなったなあと思っていたら、がたがたと老いの階段を踏みはずして衰えていったという感じだ。だから、男の怒鳴り声は、ヴァランダーでひさしぶりに聞いた。さっきも言ったように、スウェーデン人のふりはしてるが、イギリス人の俳優たちが演じている。ケネス・ブラナーはシェイクスピア俳優として有名になった人で、根っからのイギリス英語で怒鳴り散らす。そして、夫もまたロンドン生まれのイギリス人。どんなに長くアメリカに暮らしていても、しゃべる英語はイギリス英語だった。ああ、そこに、無意識に、反応したのかもしれない。

この点だけは、夫がいなくなって、せいせいしている。

夫には悪気なんかなくて、たんにそれが夫のやり方だったんだろうが（ヴァランダーもたぶんそう）、そしてそれが意見を押し通す効果的な方法と（無意識に）思ってたんだろうが、ちょっと意見が違うからといって、怒鳴られ、ののしられるのは、もういやだ。男がみんなあんな声を出すのなら、もう二度と、ののしったり怒鳴ったりする近い関係にもつれこみたくない。

子どもだったときには父に叱られた。めったになかったが、たまーに何かやって、怒鳴られて叱られると、世界が終わりに近づいたみたいに怖かったし、自分の悪いのがひしひしと身に沁みた。大好きな父だった。あたしは犬みたいに父にぴたっと従って、女の子だったときを過ごしていた。母にはのべつ幕なしに怒鳴られていたが、そんなのは、ちっとも怖くなかったっていうのが、またふしぎ。

父が死に、夫が死んで、もうだれもあたしを怒鳴らない。

平穏である。

もう二度といやだ。怒鳴られるのは。

われも人も

その頃あたしは朝六時前に起き出していた。時差ボケが残っていたときに、ちょうど締切が重なって、すっかり睡眠が混乱した。締切が気になって夜明け方に目が覚め、そのまま眠れなくなってしまうのだった。それで、薄暗い中を起き出して、犬たちを連れて公園に行った。そこには大きくて広々とした芝生がある。そこをリードなしで犬が走り回る。あたりは薄暗いが、少しずつ明るさが増してきて、夜が明ける。それで帰ってくる。そういう生活だった。

そのうち、同じくらいの時間に犬連れでやってきて、同じようにリードなしで歩き回っている同年配の男と、挨拶しはじめた。そしてある日、少し立ち話した。そしたらその次の日は「いっしょに歩いてもいいか」と言われた。

ナンパというやつである。

ちっ、めんどくさいと思ったが、いやですと言うのもめんどくさくて、いっしょに歩き回って話をした。あたりさわりのないこと、トランプのことや、犬の散歩のことを話した。慣れない人の英語は聞き取りにくかった。あなたの言ってること、ぜんぶわかってるわけじゃないんですよと正直に言った。変わった人だった。おもしろいことをときどき言うので、あたしは声を立ててよく笑った。

その人の連れた犬は、七歳の雄の、ボーダーコリーとなんかの雑種犬で、よく訓練されていた。その人は犬扱いにもずいぶん手慣れていた。どの犬にもまんべんなく吠えかかるうちのニコが、慣れて吠えなくなった。よその犬を見るとおびえて逃げたがるクレイマーが、その犬とは遊びたがった。その犬も、うるさがらずにクレイマーと走り回ってくれた。そしてあたしがいつもポケットに犬用のチーズを持っているのに気がついた。じっと見てるから、スワレといったら従った。それでチーズをやったら、なつかれて、次の日から、あたしを見るや、遠くからでも駆け寄ってきて、ぴたっと前に座った。

実は、最初にいっしょに歩いた次の日は、また誘われたらめんどくさいなと思って、時間をずらして公園に行ったのだ。でも彼はまだ歩いていて、手を振って近づいて来たから、二十分くらいはいっしょに歩くことになった。そうしたら、そんなにめんどくさくもなかった。むしろ感じよかった。そうやって、毎日歩くようになった。

おもしろい男だった。偏屈で一人ぼっちだった。社会にも政治にも言いたいことがいっぱいあった。今はわけあってここにいるが、もうすぐ東海岸に戻る、カリフォルニアはもううんざりだ、と言っていた。仕事は弁護士だが、金もうけは下手なんだぞうだ。こんなに小汚い恰好だが（ほんとに小汚かった）、法廷に行くときはネクタイをしていくと言っていた。意見はまっとうだったけど、まっとうすぎて、世の中ではぶつかって、生きづらいだろうなというような男だった。

ある日は「きみのその白髪がとてもキュート」と出会い頭に言われて、うれしかった。別の日には「きみはよく笑うのでとても楽しい」と言われて、うれしかった。でもいちばんその男を、あら？　と意識したのは、彼が「昨日も一日一人だった。この頃こうしてきみとしゃべるのが、唯一の人間と交わす会話だ」と言ったときだ。きゅんと来た。

まあそういうことだ。毎朝起きるのが楽しみになって、目覚ましをかけて九時にベッドに入り、早起きせんがため必死で眠った。さすがに、朝の犬の散歩に化粧はしなかったが、朝、シャワーを浴びてドライヤーかけたりもした。そうすると、白髪まじりの髪の毛がふわふわになるのだった。

二週間くらい毎日いっしょに歩いて、全部で十五時間くらいしゃべって、そして、彼はカリフォルニアを離れて行った。今は遠くの州にいる。メールはたまに来る。こっちからもメールを書く。でももう会うことはないと思う。六十になって、ちょっと惚れた男に出会って、がつがつしなくなってる自分を見て感動した。でも、ひとつだけ気づいたことがある。怖ろしく、寂しいのだ。

二階には娘のサラ子たちが住んでいるから、人の気配はする。心置きなくしゃべる友人もいるし、夜は人んちのパーティーにもちょくちょく招《よ》ばれる。でもやっぱり一人で生きている。上のサラ子たちとは不可侵条約をむすんであるから、顔を合わせたときしかしゃべらないし、そもそも顔はめったに合わせない。

去年の十一月の終わりにクレイマーが来て以来、一人で歩きつづけてきた。誰もいない山に住んでいるマウンテンマン（昔、アメリカの西部にいたんですよ。毛むくじゃらの男がもっさりした毛皮を着て、銃を持って、犬を連れて、山の中を歩き回って、毛皮を取ったり、先住民とかかわったりしていた）みたいなつもりで、いつ熊や狼が襲ってきてもいいように身構えて、歯を食いしばって、公園や海辺を歩いてきた。この一年、人生も厳しかったのだ。地震もあったし、夫も死んだ。必死で歩きつづけてきた。そしたらふと、この公園で、もう一人の犬連れのマウンテンマンに出会い、犬になつかれ、人にもなつかれて、しばらくいっしょに歩き回って人間語をいっぱいしゃべった。そしてそのマウンテンマンはいなくなった。

そしたら急に、山には、というか公園には、未踏の荒野が広々と広がっていたのだ。そこに自分の声がひびくばかりで、あたしは以前よりも、もっと一人になった。

少し年上の女たちへ

あたしは社会的な発言が苦手である。苦手というより嫌いなんである。人と対立するのがいやでいやで堪《たま》らない。三無主義だからだ。三無って何だったか、無気力、無関心、無農薬？

高校に入ったのは学生運動していた連中が卒業した年だ。高校は荒れ果てていたが、ものすごく自由だった。全共闘世代の闘う生き方にあこがれたけど、ああは生きたくないと思っていた。対立が嫌いだから、他人のことを書くのも好きじゃない。じっくり観察しまくったものしか書けなかった。それが、自分と家族だった。だから家庭の中のことばかり書いてきた。夫や子どもや親や、離婚や子育てや介護や、自分や自分の体や。

六十をすぎた今となっては考える。これもまたあたし。社会的な問題じゃなくて、家庭の中の問題を書いていくのが、あたしの闘い方だったんだな。そうやって社会や他の女たちにつながってきたんだな、と。

こんなことを考えたのも、こないだ東京で、田中美津さんと上野千鶴子さんとの三人イベントがあって、それがほんとに楽しかったからだ。他人のことは書かない主義だが、書かずにはいられない。それほど楽しかった。

それは田中美津さんの『いのちの女たちへ——とり乱しウーマン・リブ論』という本の販促イベントだった。ウーマンリブの聖典といえる名著で、一九七二年の初版以来くり返し出版されてきて、また再刊行された。

美津さんは六〇年代のウーマンリブを牽引した女で、鍼灸《しんきゅう》師だ。本人はむちゃくちゃですさまじい。あたしは三十五くらいのとき、摂食障害のワークショップで知り合った。その頃、右半身に湿疹が出てあちこちの病院を渡り歩いたが治らず、病名もわからなかった。それが美津さんに鍼《はり》を打ってもらったら、その場で治った。だからそれからしょっちゅう鍼に通った。実によく効いた。でもその鍼は、効き目もすごいが、痛さもものすごい。人呼んで「絶叫鍼」。あの頃は若くて体力があったから、あの痛さに堪えられたんだと思う。ここ数年は音信不通だった。

上野さんとは、やっぱり三十五の頃、それがあたしがウツでボロボロになっていたときなんだけど、雑誌『太陽』でコラボした。上野さんがフェミニズム的なお題を出し、あたしが詩を書き、上野さんが解説するというものだ。『のろとさにわ』という本になった。最初の数回は上野さんの文章を読んだが、だんだん読まなくなった。読まずにただ書き続けた。なんといい加減なと思うでしょう、しかし詩にはそのとき出しうるすべての自分が入っておるのですよ。それを投げる相手が、まさに上野さんだったのですよ。それだけでじゅうぶん、がっぷり四つに組んで向かいあっていたのである。

この三人が揃うのは初めてだった。あたしがいちばん年下で、三無主義で、詩人で、いい加減で、ヘタレですらある。でも二人にたいしては、親しみも、信頼感も、心置き無さもあるから、タメロでしゃべりながら、てへっ、二人の本はろくに読んでないのとか平気で言えちゃう立場なのである。自由にしゃべって盛りあがったし、お客はよく笑ってくれた。でも「死ぬ前の夫が安楽死のことを言い出して（「うちにつれて帰る」の章参照）すごくいやだった」とあたしが言ったとき、「なぜ？」と上野さんが追及した。上野さんにジッと見つめられて考えた。「自分の命は自分の命だ、おまえには関わることができないと拒否されたわけね」と上野さんが筋道をつけてくれた。その一瞬、何かがものすごくクリアになった。おそろしいくらい。これが上野さんだ。

三人イベントが終わったあと、上野さんが「おまんこ」のろくでなし子とのイベントがあるというのでついていった。会場の待合室で、上野さんが懐《ふところ》からおせんべを取り出して、つっと立ってお茶を買ってきてくれたりして、三人で雑談した。それが、ああ、ものすごく楽しかったのである。

来し方をふり返ってみれば死屍累々。でも生きてきた。美津さんも上野さんもそうだろう。そして今、老いにさしかかり、ぜんぶ預けて安心できる、信頼できる二人に向かって、リラックスして自分や男や老いやセックスやあれやこれやについて、ただ話す。聞いてもらう。この楽しさは、ちょっと他のもので替えられない。

あたしは、フェミニズムをこの二人からは教わらなかった。世代が違う。気がついたときには生身の本人に出会っていた。本人たちの存在は凄まじかったから、自分の生き方がわからなくなったときには指標にした。でも本を読んで影響を受けた、自分の考えをそこから作り上げたというんじゃない。じゃだれから教わったかというと、富岡多恵子。最初は詩人としての富岡さんに出会って、それからすべて読みたおした。名著『藤の衣に麻の衾』はなんと『婦人公論』連載だ。読者諸姉には読んだ人もいるかもしれない。富岡さんのフェミニズムは、ニヒルで斜に構えたフェミニズムだった。そこに書いてあったのが「育児というのは、子供が自分ひとりでエサを得る術を身につけるまでオヤが保護しつつエサ獲得の方法を教えること」という一文。これには驚いた。そして感動した。その突き放した言い方が目からウロコだった。でも、自分で子どもを育ててみたら、どうも違うのだ。「育児というのは、子どもを生かしておくこと」とあたしなりの修正案がこれだ。「どんなかたちでも、生きておればいい」と。

これからの発言に、今まさに高齢者を介護中の人はむかつくかもしれない。でも今のあたしの正直な気持ちであります。あたしは、もしかしたら、介護がなつかしい。もう一度やりたくてたまらないのかもしれない。

介護しなくてよくなったら、さぞや寂しいだろうと考えていた。この連載の間にはきっと夫が死ぬだろうと思っていたから、連載のタイトルも『寂しい。』にしようかなどと考えていたくらいだった。でもまさか、こんなふうに思うとは。まったくの予想外だった。

この数年、とにかく高齢者の世話で明け暮れた。母が倒れて死ぬまで四年半、母が死んでから父が死ぬまで三年。

いつも頭に、父をどうする母をどうする、いや、母は病院で寝たきりだったから、かえって心配がなくて、むしろ家で独居する父の方が気にかかり、ものすごく気にかかり、電話しなきゃ、熊本に帰らなきゃと、そればっかり思って生きてきた。そしたら父が死んだ。死ぬなんて思ってなかったのに、ある日あたしの目の前で、あたしが来るのを待っててくれたみたいに死んだのだ。

ふううう終わった、と長いため息を吐いたのも束の間、今度は夫が衰えた。老いたなあと思いながら下り坂を下ること二年。何もできなくなってさらに二年。父のときで慣れていたから、ただ粛々と行動するばかり。合わせて十一年半、老いる死ぬるをみつめてきた。一人また一人と見送った。

やってる最中は必死だった。逃げ出したいと思ったこともあった。で、当然だ、逃げられるときは逃げたし、遊ぶときは遊んだ。仕事もしまくった。なにしろそれについて書くのが、あたしの仕事だったので。みつめた、凝視した。老い果てた父を振り切って、容赦なくカリフォルニアに帰ったし、夫を振り切って日本にも帰った。

と、まあ、一所懸命に生きてたのは事実なんだが、やはり一日のほとんどは、ああ電話しなくちゃ、ああ行かなくちゃ、ああ呼ばれてる、すぐ行かなくちゃと、いつも「ああ」がついた感じだった。父や夫の存在を世界の中心にどんと置いて、それを土台に、あたしの生活を組み立てていたような気がする。

もちろん父は熊本でヘルパーさんたちに助けられて独居していたし、夫だって、最後の数週間以外は、精神的には自立できていたから、あたしはただの補助棒みたいなものでしかなかったのに、やっぱり彼らがあたしの生活の中心にいた。

夫は下半身ががたがたと弱くなって、歩くのも立つのもできなくなっていったから、できること、できないことについて、あたしはいつも考えていないといけなかった。病院も、レストランも（これは最後の最後には面倒くさがって行かなくなってしまったが）、車を停めて、車椅子を出して、夫を座らせて、そのまま安全な日陰に車椅子を動かして、ストッパーかけて、走って車に戻って、駐車場に停めて、走って夫のところに戻る。そんなときも、夫がどのくらい動けるか、どのくらい待てるかをいつも計算していたんだが、それからもっと何もできなくなって、あたしはさらに走り回ったものだ。

それであたしは今、介護から解き放たれて、ぽっかりとした自由を満喫しているわけなんだけど。料理や洗濯は、しないことにすぐ慣れた。二階の娘夫婦は、家族というより店子《たなこ》である。気配はするから完全な孤独から逃れられている。でもおつきあいはあんまりない。だからあたしは、犬たちを相手に日々を暮らす。でもあんまり甘ったるくべたべたするのも得意じゃないから、犬どもを従えて、無言で歩き回るだけだ。夜明けを見る。日没を見る。こっちでセイジブラッシュと呼ぶヤマヨモギの殺伐とした繁みの間をただ歩く。犬はとっても満足してるが、あたし自身は物足りない。

もう一度、介護したい。

やってて、すごく幸せだったわけじゃない。やってるときは精神的にいっぱいいっぱいで、まるで若い人のぱんぱんに張りつめたお肌のように、肌じゃないどこかが、ぱんぱんに張りつめていた。今はそうじゃない。あたしたち世代のお肌のように、萎《しお》れてしなびてからっぽだ。

男が一人、老いて死んでいくのを看取るのは、ほんとうによかった。

母の死は、同じ女として見届けた。悲しみなんかなかった。ただ、よく生きた、よく死んだと納得した。でも男たちの死に対しては、それ以上の何かを感じている。達成感というか、終了感というか、完成感というか。

父のも夫のも、ペニスを見た。それぞれ死に近くなった頃のことだ。おしっこの手伝いをしていたから、見て、触らないわけにはいかなかった。父のも夫のも小さくて、なま温かくて、ふにゃっとしていた。あれが、真のペニスだったんだなと思う。男のああいうペニスとちゃんと関わってこそ、男と真実の関わりを持てたような気がするのだ。

こないだ、ちょっといい男に出会ったのはもう話した。もう遠くに行ってしまった男だが、あのとき、夢を見た。いっしょに暮らす、いっしょに生きるという夢だ。前からそういう夢はよく見てきたし、ときにまさ夢にもなったもんだ。そういう夢の中で、あたしは子どもを生んで家庭を作った。アハハウフフと夢の家庭に笑い声がみちみちた。でも今、そういう夢の中で、あたしはヨレヨレのお爺さんを親身に介護しているのである。
いねぇがっ、どごかに、介護できる年寄りいねぇがっ、と心の中で叫んでいる。

111　なまはげの声を心に行く手かな

旅

長い旅の最中である。今はベルリンの友人宅でくたりと萎れている。昨夜もオペラに、『トスカ』に、連れて行ってもらったのに、途中で何回か寝落ちしてしまった。大好きなオペラで、チケットの値段も高いオペラで、寝落ちはひどい。

このベルリンの三日間だけが、この旅の間で仕事が入ってない。友人ががんになってすごく心配で、どうしても会いたくて旅に組み入れたのだが、会ってみると案外元気でほっとした。

最初の夜に、疲れを癒やすようなうまいものを作ってもらった。北ドイツの郷土料理で、じゃがいもにいんげんにベーコンの塊を煮込んで、そこに洋梨を足してさらに煮込んでハーブをいっぱい散らせた、おでんのように透明なスープの煮込み料理で、洋梨の甘みがふわっと効いて実にうまかった。

カリフォルニアから、まずストックホルムに行った。文学祭に呼ばれたのだが、その直後に日本で予定があったから断ったら、そんなことといわずにぜひ来てくれと言われて、ほだされたというか、ありがたかったというか。そんならついでにベルリンに行こうと考えた。そしたらオスロの友人が、ついでにこっちに来て朗読しろと言う。それでカリフォルニアからストックホルム、日本、カリフォルニアと、片道切符を三つつなげて回ることを考えた。ところがそれがバカ高い。文学祭の人たちに頼むのもはばかられ、自分で払うのもばかばかしく、それで、カリフォルニア―ストックホルム往復を予定通り文学祭に負担してもらって、ストックホルム―東京往復と、ヨーロッパ内の短距離便を自分で買うことにした。片道で一周するより安上がりだけど、肉体的には、無謀で過酷だった。

ストックホルムは楽しかった。今まで行ったどこよりも。そもそも国際文学祭というものは楽しいものじゃない。言葉が不自由だし、よその国の違う言葉の作家の作品なんて読んでないことが多いから、別にしゃべることもない。でもまあ、文学祭に招ばれるというのは作家や詩人の仕事の一つだし、招ばれればうれしいし、飛行機代は出してくれるし。だから今までも引き受けてきた。そしてあー時間のむだだった、うちで仕事してた方がよかったと思いながら帰ってきた。それが今回は、スウェーデン人もそれ以外もみんなおもしろかった。ただの雑談でも深い雑談ができたのは、スウェーデン語の翻訳が出たばっかりで、人々があたしの本を読んでくれたせいと、あたしの英語がうまくなったせいかもしれない。性格も、昔よりずいぶん人なつっこくなったような気がする。

ストックホルムの町は息をのむほど美しく、ホテルの前は静かな入り江で、対岸の町並みの向こうに早い日が沈んだ。町じゅうの木々が真っ黄色になって、おおかたは地面に散り敷かれてあった。ヨーロッパの秋につきもののウマグリがいちめんに落ちていた。拾ってポケットに入れた。

ホテルのレストランでウマいものを食べた。それは大きなたらこの切り身で、燻製と書いてあったが、生に近く、しょっぱく、そこにチャイブとディルと玉ねぎのみじん切りを混ぜ、サワークリームを塗った北欧風の薄いパンに乗せて食べた。明太子もたらこも、生たらこも焼きたらこも大好きだから、これにはほんとに感動した。

東京では毎日講演や朗読会だった。それから熊本に帰ったら、熊本の仲間たちと年一回開いている催しがあった。それから講演もやった。ライブの人生相談もやった。いろんな人に会った。鍼にも通った。それから東京に戻って、講演やライブの人生相談や、毎日仕事だった。人に会った。会いまくった。

黒いかばんに、コンピュータ、パスポート、鍵、お財布、めがね、本、ノート、ペン、携帯、iPod、一切合切つっこんで肩に掛けて歩く。今回は長期で、冬の北ヨーロッパだから、スーツケースは大きい。本を詰め込んで重たいのをひいて、あるいは押して歩く。時差ボケで、三時間眠ると目が覚める。その後眠れないことも多いから、ものすごく疲れる。でも人に会う仕事が続くから、気持ちはハイのまま。元気ですね、といつも言われる。パワーもらいました、と。

そんなふうにずっと生きてきた。元気という病気なんですといつか寂聴先生が書いておられたが、あたしもそれに罹患してるのかもしれない。

東京では枝元なほみの家に居候する。へろへろに疲れ果てて枝元の家に帰ると、へろへろに疲れ果てた枝元がレシピをへろへろと書いている。残り物（どこかの雑誌や新聞のために作ったやつ）をあさっていると、ちゃっちゃっとうまいものを作ってくれる。最近枝元が凝っているのは古漬けの白菜やすぐきを使ったスープで、すっぱく、しょっぱく、なつかしく、あたたかくて滋味にあふれる。

その枝元も出張だらけだ。あたしが朝早く枝元宅を出てベルリンに向かった日には、枝元も、材料や調理器具、そしてアシスタントを車に積み込んで出て行った。

「ひろみちゃんはこういう暮らし方が向いてるんだろうなあ」と、いっしょに支度しながら枝元に言われた。あたしのこの移動の多さは周囲の人をハラハラさせるらしく、落ち着いた方がいいとか、体が持たないよとか、仕事に差し支えるとか、いろいろ言われてきた。

「あたしも忙しすぎるけどさ、できるうちは引き受けちゃうんだろうね、しかたないよね、生きるように生きるしか」と枝元は言った。

リアル

夫が死んだら次の日に日本に帰ろうと思っていた。帰るなら熊本だ、家もあるし、友人もいる。自分の家に住んで三十年前やってたみたいに（つーか、今みたいに）ときどき東京に行く。車が運転できなくなったら東京の、たとえば枝元んちの近くにでも引っ越す。そんなことを考えていた。でも長年こっちで暮らすうちに、わからなくなってきた。

娘たちは三人ともこっちに根づいた。あたしも、父や母がそうだったように、人生の終わりにはいろんなことが不自由になって、死ぬまで生きていくんだろうが、そのとき娘たちと離れているのはどんな感じだろう。父がやったんだからあたしにできないわけはないと思いつつも（というか、父が寂しくて退屈な老後を生きて死んだんだから、あたしもそうしなきゃ父に済まないと思う気持ちもある）、娘たちが会いに通ってくるだろう。あれは辛い。お金も辛い。時差ボケも辛い。中年になったカノコやサラ子やトメが、辛い辛い、泥沼からひきずり出されるようだとうめきながら太平洋を行き来するのかと思うとぞっとした。

みんな事情が違うんだから、あたしがやったようにしなくたっていいのだ、する必要もないのだ、遠くに親がいると心に留めておくだけで介護だとあたしがいくら言っても、あたしの行き来を見ていた娘たちは、おかあさんに会いに行かなくちゃと思うに違いない。それが可哀想でならない。

でも、カリフォルニアで老い果てて死ぬのかと思うと、とてつもなく寂しくなるのだ。日本の風景からも、日本語からも、日本の友人たちからも離れて生きる、その数年間があると思うと。

夫がだいぶ衰弱した頃から、日本に帰る気が薄れてきた。夫の死が現実的になってきたからだと思う。日本の文化の中で生きていけるか。息がつまりゃしないか。どんなに考えてもできるような気がしない。今はカリフォルニアに帰れると思うから、どんなにきゅうくつでもやり過ごせる。でも日本に定住して、帰るところがなくなったら、五分くらいで窒息しちゃうかもしれないとも思う。

夫が死んだら、何も変えたくなくなった。このままこの家に住んで、同じ椅子に座って、同じコンピュータで仕事して、同じ時間に同じ場所を犬と歩いて、毎日夕陽の沈むのを眺めて、自分のベッドで寝たいと思う。今は、だから、このまま暮らしている。二ヵ月に一ぺん日本に行ってははしゃぎまわるが、あとはここで、朝から晩まで仕事をしている。いやあ、はかどる、はかどる。

夢に見た専業詩人の生活だ。とうとう手に入れた。今まで何十年も、母・妻・主婦の兼業だった。家族はみんな、呼べばすぐ来ると思っていた。アンパンマンじゃないんだからと毒づきながら駆けまわっていた。しかもここの文化は、人づきあいの基本がディナーに呼んだり呼ばれたりだ。古いヨーロッパ人だった夫は人を呼ぶのが好きだった。で、買い物に行くのはあたしで、料理するのもあたし。八人分や十人分のディナーを作ってもてなして、お客が帰った後、片づけるのもあたし。夫は足腰やら何やらが悪くなって何にも手伝えなくなっていたのだった。すべてが終わると真夜中の二時頃で、あたしは小公女セーラみたいに疲れ果て、これだけの時間があればどんなに仕事がはかどったかとうめきながら二階にあがっていった。

夫がいよいよ老いた後は、あっちの病院こっちの病院と、お遍路さんみたいに。それにもまた延々と時間がかかったもんだ……。

今は、そういう義理や義務や家事や世話が何もない。一日中仕事できる。はかどる、はかどる。むなしいくらい仕事がはかどる。

夫がまだそこまで老い果てていなかった頃、日本から帰って、時差ボケで眠れなくなって夜中に起き出して仕事していると、激怒した夫が寝室から降りてきて「おまえは夫婦の生活を何と心得る、一つベッドで寝るのがそんなにいやなのか、こんなことで夫婦の和が保たれるのか」と食ってかかった。あたしはしかたなしにベッドに戻って、眠れないまま暗闇をみつめなくちゃならなかった。時差ボケなんだからしかたないじゃないと言っても聞いちゃいないのである。理不尽だった。時差ボケで夕方に寝てると「夜また眠れなくなるよ」と夫に起こされた。そのときの辛さといったらないのだった。泥沼から藻や何やらがひっからまった状態でずるずるひきずりだされるゴミみたいな気分になった。

親の介護があった頃だった。あたしはいつも日本に行ってて、いつも留守で、いつも時差ボケだった。そしてそういうあたしに、夫は内心ものすごく不満を募らせていたんだと思う。

今はそれもない。安心して日本から帰ってこられる。時差ボケに身を委ね、眠いときに寝て、目が覚めたら何時でも仕事にかかる。はかどる、はかどる。本望じゃ。

何百年も昔に生きてた人たちと交信してるような仕事をしてるから（はい、この頃は、古典の現代語訳やったり、鷗外や漱石のことを考えたりしていたんです）リアルがない。

しかしながらリアルがない。

ネットでニュースを刻々読んで、漫画を電子書籍で買って刻々読んでるけど、なんにもリアルじゃない。

一日生きてるといろんなことを考える。昔はそれをだらだらと夫に話した。話してるうちに夫の話しぶりにむかついてケンカになった。いやな気分だった。でも夫がいなくなったら、ネットのニュースで読んだことや散歩しながら考えたことがリアルなのかどうか、だれもあたしに証明してくれないのだ。

捨てたい

うちが汚い。

いや、犬臭かったり泥だらけだったりするのはいいのだ。ぜんぜん気にしてない。犬が外から持ち込んでくる泥や砂は。その上、毎晩ニコが枕元で丸くなって寝るし、クレイマーはあたしの上に乗って寝る。パピヨンはともかく、シェパードと一つベッドに寝てごらんなさい。犬ほんにんは泥だらけじゃないのに、いつの間にやら、ふとんやシーツがドロドロに汚れておる。

慣れちゃったあたしでも、たまに、犬臭いなと思うことがある。この部屋に人は入れないが、車にはときどき人を乗せる。そのたびに、犬臭いの、犬用シートをかけた方がいいのとさんざん言われる。あたしの仕事場も同じ状態だ。足元にクレイマーのクレートが置いてあって、中にはくたくたの犬ぶとん。それがすごく犬臭い。ニコ用マットが点々と置いてあるのは、気まぐれな犬なので、どこに寝るかわからないからだ。季節によっては、もうもうと抜け毛がたまる。

くり返すが、犬の毛や犬のニオイは気にならない。これがなくなったらあたしじゃないと思う。汚いのは、人間のモノ、物だ。そして片づけのできないあたしの性根だ。

子どもを連れてここに住み着いた頃、夫がしきりに不満がっていたのだ。家の中のあらゆる平面に、モノが積み重ねてあるじゃないか、おまえだけかと思っていたら、幼い日本人もみんなそうだから、これは日本人の特性のようだ、と。

言われたらたしかにそうだった。そして、なんたってここは元来夫の家で、そこにあたしが入り込み、子どもまで連れてきちゃって、「朝顔につるべとられてもらひ水」の状況だ。これでは、彼が自分らしく生きられない、住みづらく生きにくいに違いないと思いやる気持ちくらいはあたしにもあった。

ところが、言われても言われても、直せなかった。理解できなかったんだと思う。どこかが平面的に空いていれば、そこにモノを積み重ねて当然じゃんと思っている、日本文化に育ったあたしだったのだ。

いいですか、説明してみます。これ読んでるみなさんもわかってないと思うからだ。だってあたしたちにはみんな、この「ごちゃごちゃ菌」とでもいうべきものがしみついているからだ。

思い出してください、日本の家を。あなたの家でも、あなたの母の家でも、祖母の家でも。

たんすや茶だんすがあって、テレビがあって、食卓があって、とまあそんなふう。

食卓の上には茶道具や新聞やチラシや薬がごちゃごちゃと置かれてあり、ときには積み重ねられてあった。箱型だったテレビの上には、博多人形や北海道の熊、韓国のおみやげ、干支の動物その他がごちゃごちゃと置かれてあった。たんすの上には空き箱にちまちまと何かがしまい込まれて積み重ねられてあった。それが普通だった。

で、一方どんなのが西洋の家の基本かというと、この頃日本にもあるというイケア、ああいうの。モノは収納して、外に出さないのが基本のようだ。そして写真や何かは、人に見せつけることを意識して飾る。日本みたいに、ちょっと置いた、ただ置いた、置きっぱなしという感じではない。このちょっと置いた感じが、ごちゃごちゃ菌繁殖の元になる。

実は、海外に住む日本生まれ日本育ちの女たちの家で、あたしは同じようなごちゃごちゃ菌を感じ取る。彼女らの相手がなに人であろうと、どんなに家が西洋的にできていようと、日本の女が主婦である家は、だいたい似た感じにごちゃっとしている。これは日本人の英語が日本語アクセントでいろどられているように、避けようのないことではないか。そう言い張って、夫の不満をネジ伏せてきた。これはあたしらのカルチャーだ、文句あるか、と。

ネジ伏せながらも、あたしは素直だから、リビングや寝室や台所はなるべくごちゃごちゃしないように心がけた。いや、どんなに心がけてもごちゃっとなってしまうので、定期的に夫の目を意識して片づけた。

ところが夫が死んだ。その目もなくなった。細心の気遣いはとっぱらわれた。定期的な片づけはしなくなった。で、どうなってるかというと、少しずつ、少しずつ、モノが増殖してるみたいに押し寄せてくるのである。

そのうち二階にサラ子たちが来た。サラ子のパートナーは普通のアメリカ人だから、普通に片づいた家に暮らしてきたはずだ。ところが彼は若くて柔軟で、サラ子とラブラブで、サラ子のひきずる何世代何十世代にもわたる日本的ごちゃごちゃ菌をやすやすと受け入れて平然と生きておる。あたしの夫とはだいぶ違う。その結果、二人のスペースは雑然としきっており、あたしと共有している台所は、あたし一人のときには考えもつかなかった量のモノ、モノ、またモノであふれ返っている。

ついに、今、あたしは心から思っている。

捨てたい捨てたい捨てたい捨てたい捨てたい、ああ捨てたいっっ。

そういう宗教のような思いが、少し前、日本の中年女の精神世界を席巻していた。捨てて、断って、離れて、というのが。物だけじゃない、人も縁もひきずって生きてきたあたしとしては、ナニ、ひきずるのが浮世じゃよなんて思わないでもなかった。でも今は、捨てたい捨てたい捨てたい。捨て身で捨てたい。捨てきりたい。こう思うのは、もう捨てて困るものが何にもないからかも。

子どもへの手紙

夫が死んでまもなく、あたしは仕事場を夫の仕事場に移した。そこはあたしの仕事場よりずっと広くて、電源も光源も豊富にあり、冷暖房完備で、寝起きしないから服や靴下も散乱しておらず、作りつけの大きな机と大きな本棚があった。そして何より、夫はあたしより片づいたところで生きたい人間だったので、机の上はちゃんと表面が見えていたし、床は床面が見えていた。

思えば、ここに来てからの二十年間、あたしは居着いちゃった野良猫みたいに生きてきた。自分だけの、と呼べる部屋を持ってなかった。娘や夫の物が残っている部屋に机を置いてなんとなく使ってるうちに、自分の服と本が増殖して身動きが取れなくなった。掃除しないからほこりだらけ、犬がいるから毛だらけ、床から天井まで本や書類におおわれて、人間として生きてる気がしなかった。それで今、夫の仕事場を乗っ取り、夫の物を駆逐して、晴れて自分の、自分だけの仕事場を……と思ったのだが、締切に追われていたから、当座必要な本だけ動かして、後はそのまま。旧仕事場も、新仕事場も、中途半端のまま、ぐちゃぐちゃのままだった。

そしたら年末年始に、カノコとその家族がやってきた。孫は四歳と二歳になる。かわいいさかりであるからして、ばあちゃんは孫と遊ぶので忙しい、と思うでしょう。ちがうんです。あたしはどうも、なかなかうまく幼児と遊べない。カノコんちの子育てにはカノコんちのルールがあり、それを尊重しようとすると、なんだかうまく遊べない。その上四歳児は、昔のカノコみたいに家の中で遊ぶのが好きな子で、ますます遊べない。今思い出すと、カノコの小さい頃もあたしはなかなか遊べなくて困っていた。その上今のあたしは腰や膝にガタが来ていて、子どもを抱き上げることができない。で、しかたがない。あたしは自分の部屋にひっこんで本の移動と掃除をした。

本棚を動かし、ほこりを拭き取り、いらない本を捨てて、いる本を並べた。発掘調査みたいだった。いろんなものが出てきた。

古い手紙の束が出てきた。子どもへあてた手紙だった。あたしは男の手紙なんて、まるで取っておかない。夫の手紙も自分の手紙も取っておいてない。ところがなんと、子どもからの手紙と子どもに書いた手紙は、捨てられずに取ってあった。

末っ子のトメはカリフォルニアで生んだ。それから一年半後にみんなでこっちに移ってくるまで、あたしはトメを抱えて、今やってるみたいに、太平洋を何回も行き来した。その間、上の子どもたちは前の夫に預けてきた（前の夫とはずいぶん前に離婚していたが、まだ同居していた）。

カノコは十一歳、サラ子は九歳、手元にいる子は生まれて数ヵ月だった。三人の共通項は三人ともあたしの娘ということだった。

どの手紙も「チーチー、トメはきょう」と始まる。チーチーというのが当時のサラ子の呼び名だった。そして赤ん坊の目で、毎日の生活やアメリカの暮らしを姉に語るというしくみになっていた。おわりには「ママから」というのが、いかにもあたしらしい口調で書いてあった。そんなのが何通も何通も。

赤ん坊の妹が九歳の姉にずっと語りかけていた。それを母であるあたしがずっと書きつづけ、プリントアウトしてfaxで送った。サラ子は筆マメでよく返事が来た。それで、サラ子にあてて書くことが多かった。そんなときにも必ずカノコにあてて、長姉の自尊心をくすぐるような、ややおとなっぽい漢字多めの文章を書き添えてあった。

いえね。実は、あたしは、ずっとあたしをひどい母親だと思っていたのです。母親失格、どころじゃなく。

だってそうでしょう。いい夫と作っていた家庭をぶち壊して、あたしだけのせいじゃなかったにしても、ぶち壊したのは事実だ。そしてこんなところまで子どもたちを連れてきて、いらぬ苦労させて、子どもたちはその後辛酸をなめた。辛酸をなめるなんてことば、初めて使った。初めて使いたくなるくらい、いろんな苦労させた。

普通に平和な時代に普通の家庭に生まれ育ったはずなのに、難民の子のような、戦争の中で育った子のような、ディザスター映画の中の子どものような苦労をさせた。何もかもあたしのせいだ。それはもうその通り。でもこのたびハッキリしたのは、そんな状況の中でも、あたしは、何よりも子どもらを大切に思っていて、かれらにあたしのことばを、つまりあたしの力を、与え続けようと必死でがんばっていたことだ。あたしはことばのプロである。ことばを見れば、何でも読み取る。あたしの書いた手紙のことばには、まさにそういう力がこめられていた。ことばに命かけてきた女が、渾身の力をふりしぼって、子どもたちに真心を届けようと、書いてることばだった。見て、こんなのが出てきた、とあたしは娘たちに見せた。みんな笑って読んでいたけど、あたしはただ泣けてしょうがなかった。

でもわからない。こんなに子どものことを大切に、ものすごく大切に思っていたのだ。それなのに、それを手の中に握ってひきずりながら、あたしは男に走った。ああ、なんたる衝動だ。なんたる決意だ。なんたる災いだ。なんたる心で、なんたる行動力だ。そしてそれは、理性でも感情でも制御できなかった、業みたいな心だったというのか。

トランプ

この頃は（今は大統領の就任式が済んで十日後）、ニュースばっかり読んでいる。トランプの一挙手一投足にむかついている。ネットのニュースでも「トランプ」とあれば必ず読むし、Twitter もそういうのがやたらに目について反トランプのおもしろいのをつい retweet しちゃったりする。そういう自分の傾向がいやになってきたところだ。

なにしろ大統領選の前からニュースの見出しに「トランプ」ってあれば欠かさず読んだ。もちろん支持してるんじゃなく、なんてくだらないんだろうと確認しようとして。こういう人間が多かったんだと思う。で、ニュースサイトもますます「トランプ」に関する記事を作って載せる。それにまたあたしが食いつく。そもそも Twitter や Facebook は、いやそもそもネットそのものが、自分の思ってることの方がより目につく仕組みだ。それをまた、自分が思ってるようなことを思ってる人たちに広げていくのだ。これじゃなんだか、だれかに利用されてるような気がして、閉塞的に息がつまっていくような気もして、しかたがない。

就任式の翌日には、「女の行進」があった。大都市ほど大がかりなものじゃなかったが、あたしの住んでる町の近くでも二千人規模のがあって、友人たちと出かけてきた。そしたらその直後に、トランプが、避妊や中絶や母子保健に関することをやってるまじめな団体に補助を打ち切るという。そして今度は、ワシントンで大きな中絶反対デモがあり、副大統領がそこでスピーチしたとかなんとか。あたしはそのまじめな団体に早速貧者の一灯を捧げ（寄付ですよ）、抵抗のしるしの猫耳ニット帽を家の中でずっとかぶっている。見ておれ、四年後には目に物見せてくれるわと腕まくりしているのだが、実はあたしには、肝心の選挙権がないのだった。

あたしはアメリカでは、永住権（いわゆるグリーンカード）を持つ外国人。市民権を取れば選挙権はゲットできるし、もう二十年ほど永住権で住んでいるから、市民権はすぐに取れる。でも取ってない。取ったら日本国籍を手放さなくちゃならない。国籍がなくなったら、日本語もなくなってしまうような気がして踏み切れないのである。

大統領選は青天の霹靂《へきれき》だった。夫が死んでてよかった、とまず思った。夫が生きてたら、その場で憤死してたに違いない（そういえば、熊本地震のときも、まず思ったのが、父が死んでてよかった、だった）。

どうすんだ、こんなものが当選しちゃって、と日本の政治を見ていてもたびたび思うことがあるが、そういう思いがどんなに束になってかかってきてもこれほどじゃない。息子のブッシュが大統領になったときにも思ったが、それよりもっともっと。

そもそもあたしの住んでるカリフォルニアは民主党が強い。トランプ支持者なんてまわりに一人もいない。友人たちと選挙の話をしても、みんな反トランプの一枚岩だ。ところが、こういうことになった。カリフォルニアですらトランプに投票した人は一定数いたわけだった。

友人のCが、Cとあたしは女の行進にいっしょに行った仲だが、Aという女を誘ったら「トランプの支持者だから行かない」と言われたそうだ。

「あれには驚いた、そんな人がいるなんて予想もしてなかった」とCは言った。「もうこれで友だちじゃなくなった？　別の友だちは口をきいてくれなくなった」とAが言うから「そんなことない、友だちよ」とCは答えたそうだが、「これからちょっとAへの見方が変わると思う」とも言っていた。

トランプ支持者は、コロボックルか何かみたいに、葉の裏に隠れているのかもしれない。どの草の葉の裏にもまんべんなく隠れてるとすれば、ものすごい数になる。

このままアメリカがぐちゃぐちゃになって、中絶も同性婚も禁止、健康保険も廃止、経済も低迷、国土は荒廃、国際間もすっかり荒《すさ》んだ感じになって、メキシコとは口もきかなくなり、日本とも気まずくなり、中国とも一触即発、てな具合になったら、かえっておもしろいかも。そこからどうやって、アメリカの人々が立ち直るかが見てみたい。

なんて余裕のあることを言っていたら、今度は、イスラム多数派の国々からの人々の移動が制限されはじめた。永住権を持ってる人も空港で止められたという話だ。

昔々、あたしは不法滞在をしたことがある。それでその後、アメリカに入国する際に、いつも別室に送られてさんざん詰問された。最終的には通してもらったが、強制送還を覚悟したこともある。その不法滞在の記録は、永住権を取る前に、罰金を払って帳消しにした。それなのにブッシュ政権になったとたんに、また空港でいじめられるようになった。

あれはほんとうにいやな感じだ。目の前で不条理なドアがばんと閉ざされ、犯罪者みたいに扱われる。そしてそれにたいしてこっちは、自分に非もあるし、卑屈にへいへい言ってるだけで言い返すこともできない。

そのとき、あたしはもう永住権を持っていた。カリフォルニアの家には家族が待っていた。帰らなくちゃならなかった。それで、どんな扱いも平然とやり過ごした。最終的には、移民局に手紙を書いて、それを解決した。でも今またあんなことになったら、もうカリフォルニアには待ってる誰もいないし、がんばる体力も気力もなくなって、すごすご日本に帰ってくるかもしれないと思う。

不眠

眠れない。

時差ボケじゃないのに眠れない。

一日中なんとなく、今日は眠れるか眠れないかと考えている。まるで摂食障害だったとき、食べ物のことを考えたように考えている。旅行中に便秘になって、排便のことを考えるように考えている。

眠りに問題なんて何もなかった。時差ボケで眠れないことはあるけど、そしてあたしはいつも時差ボケなんだけど、この頃は、眠くなきゃ起きる、眠けりゃ寝るという自分のリズムにただ身をゆだねるという方法で、なんとかやり過ごせていたのだった。

いつもベッドに入るのは、ぎりぎりまで眠くなって目の前がかすんできてからだ。仕事してるときは、あ、頭が働いてないと感じる。脈絡のないことを書いてるときもある。それで限界だと気がついて、ベッドに入る。そして昨日読んだのと同じ漫画を同じように読めば、たやすく寝入る。寝る直前までコンピュータを見てると、その光がなんたらで眠れなくなると人は言うけど、あたしは何の問題もなく、いつもこてんと寝入ってきた。それがいきなり眠れなくなった。

きっかけはお金の苦労だった。固定資産税（夫が払っていたが、今はあたしにのしかかる）、冷蔵庫の買い換え（とつぜん壊れた）、車の故障（これも以前は夫担当の出費）、庭木の剪定（ものすごく高い）、歯が欠けた（こっちの歯医者はものすごく高い）、犬の虫歯（獣医代もものすごく高い）。あれやこれやが重なって、どうやったら生き延びられるかもんもんと考え、悩みわずらった。一晩寝ないで悩んで、見通しをつけ、なんとかなると腹をくくった。ところがその一晩を境にぱたりと眠れなくなった。もうお金のことは悩んでないのに、眠れなくなった。

昔、三十五くらいのとき、不眠になったことがある。ひどいウツだった。入眠剤と抗ウツ剤を濫用《らんよう》して、ドロ沼にはまった。数年がかりでそれを乗りこえた後は、時差ボケをのぞけば、眠ることに問題はない。

ところが、こうしていきなり眠れなくなり、しかも時差ボケじゃないのである。

寝入ることはできる。でも二、三時間で目が覚める。そしてその後、眠れない。

眠らないといけないのに、眠たくならない。ぜんぜん眠たくならない。眠たい幼児が必死で眠気にさからって遊びつづけているみたいに、あたしも、眠りたくなくて、無意識にさからっているのかもしれない。

そんなことを考えているうちに、暗闇の中で意識が冴えわたる。目を閉じて我慢していれば、いつかは眠れる、そういうもんだとわかっているのに、そのいつかが我慢できなくなって、このまま目を閉じてじっとしているのが、おそろしくつらい。痛みさえ感じる。不安である。一人ぼっちである。その心を振り払おうとして、つい目を開けてしまって、眠りに戻れなくなったのを知る。それで居たたまれなくなって、起き出してしまう。

空が明るむのを待って、犬たちを連れて散歩に行く。犬たちは喜んで飛びはねているが、こっちはあきらめと焦りがごちゃごちゃになった気持ちで一日を始めるわけだ。さすがに睡眠三時間じゃ、午後になると猛烈に眠くなる。横になるや寝入って、夢なんか何にも見ないで、吸いこまれるみたいに眠って目を覚ますと、もう外は夕暮れで、散歩を期待して犬たちがジッとあたしをみつめている……という毎日だ。寝酒も効かない。カモミール茶も効かない。甘くしたホットミルクも効かない。薬は効きすぎて、次の日一日何もできなくなる。それで、いつも寝足りてない。頭のシワに、さば寿司にかかってるような昆布の薄皮がぴったり貼りついた気分である。

昔あたしは、夫と一つベッドに寝るのがほんとにいやだった。

夫はいっしょにベッドに入らないと「夫婦の対話が欠けておる」とか言って機嫌がおそろしく悪くなったから、いっしょにベッドに入って、眠くなるまで必死に本を読んだ。夫は夫で、黙々と本を読み、話しかけるとうっとうしそうな顔をしたから、

「なによ、対話もへったくれもないじゃないの」とあたしは思ったもんだ。たいてい夫は、先に本を読むのをやめて、明かりを消して横になり、あたしは夫に背を向け、小さい読書灯を手元に照らして読みつづけた。

夫がいなくなってからこのかた、あたしはいつでも寝られるし、いつでも起きられる。どっち向いて寝てもいいし、ベッドの中で何をしてもいい。もうあんな窮屈な思いはしなくていい。それで、犬たちを連れ込み、本やラップトップや寝酒のグラスや孫の手、いろんな物を持ち込み、ベッド回りを思いっきり散らかして、快適に眠っていたはずなのに、眠れない。もう夫のせいじゃないから、どうしていいかわからない。

娘が帰ってくるのはうれしいが、孫である幼児と遊ぶのは、どうもおもしろく思えない……という話を、祖母歴数十年のアメリカ人の友人Dに話したら、「わたしもそうだ、愛しているのは息子ただ一人。その妻や子なんてどうでもいい」と豪語した。前からはっきり意見を言う人だとは思っていたが、これには驚いた。人間には建前があるから、そういうことはなかなか言えない。あたしだって言えない。でももしかしたら、それが究極の本音かもしれないと考えた。

まあ、アメリカ人がみんなそうだというわけじゃなく、孫はかわいいという人がほとんどだ。誰彼かまわず孫の写真を送りつけてくる友人もいるし、孫の面倒を見ると言って、違う町に住む娘夫婦のそばに引っ越した友人もいる。それはそれで、すごいなあ（あたしにはできないなあ）と思っている。

あたしは、祖母として何もしてない。うまく遊べないから遊ぼうという努力もしない。サラ子とトメがいるから、あたし一人で預かったこともない。以前夫がいた頃は、カノコたちが来れば、みんなの三食をしゃかりきになって作っていたが、この頃はこの家に住むサラ子が迎え入れる側になって、あたしがやってたみたいにやっている。あたしよりもっと力を抜いて、姉や妹に手伝ってもらいながらやっている。

先日、あたしは犬を連れて（ニコだけ連れていった）カノコたちの家に行った。飛行機なら一時間半（陸の移動や空港での待ち時間を含めると四〜五時間かかる）、車を運転していけば七時間半というところにカノコたちは住んでいる。駅前の小さいアパート、居間に寝室二つ、広めの台所、裏庭少しというところで、若い夫婦が必死に子どもを育てている。昔の自分を見るようだ。

そして発見したのは、彼らがうちに来るよりも、こっちから行く方が、親も子もリラックスして、自分たちのテリトリーで、普段の生活のまま、遠来のあたしをもてなしてくれること。ビールは買っといてくれる。ピザは注文してくれる。猫はすり寄ってくる。子どもは祖母だというだけで慕ってくれる。同じ遊べなくても、なんだか向こうのすなおさ、感じよさが違うのだ。

上のUは、今、四歳半。日本語の幼稚園に行っている。こないだまで英語もおぼつかなかったのに、めきめき日本語力がついて、会話ができる。

ニコを連れて散歩に出た。来る？と言ったらついてきた。手を出したら、にぎってくれた。道々、花の名前を教えてくれた。そんなときに、ふとUが「おばあちゃん」と呼んだ。これにはぎょっとした。あたしの呼び名は「ばば」なのだ。

「おばあちゃん」と言うから、一瞬、母（何年も前に死んだあたしの母）がここにいるのかと思ったら、あたしのことだった。そう呼ばれたくないから、この子が生まれてからこのかた「ばば」でごまかしてきたのに、孫本人に呼ばれちゃったらしかたがない。呼ばれ慣れてるようなふりをして、なあに？　と答えた。
一泊して翌朝、緊張もすっかりほどけて、母親に習いはじめたというピアノを弾いてみせてくれた。譜面台にカノコの手作りのピアノ練習帳が立てかけてあった。ピンクのノートに、飛び跳ねるような大きな字で、四歳の子にもわかりやすいように、CCGGAAGと書いてあった。（こっちではたいてい、ドレミ……じゃなく、CDE……で音階を教える）
音楽で生きているカノコにとって、ピアノを教えるというのは、あたしがトメに日本語を教えるというようなことなんだろう。それならすごくわかる。母親が一人、生まれたときからその子を見つめてきて、今やっと成長を見きわめて、自分のわざを教えにかかっているときなのだ。あたしも作った。かな練習帳。トメを主人公にマンガを描いて、トメが楽しく遊びながら、かなをなぞっていけるように。さりげなく、でも内心は必死で。
大抵の場合、子どもはそんな親の思いなんて知らぬげに、というか、むしろうっとうしがって、親の手や親の目を振り払いながら、先に進む。

トメは日本語に縁のない生活をしてるし、Uのピアノだってどうなるかわからないが、そうやって親の因果が子に報い、思いをかさね、世代をかさねていくんだなと。

森の中にメリーゴーラウンドがあるというので、みんなで乗りに行った。森の中の山道を散歩もした。二歳二ヵ月になる弟のOは、作り物の馬をこわがって「ごーほーむ」と言った。それで父親が抱いて降りた。でも姉のUが乗ってると乗りたくて泣いた。で、次の回に父親といっしょに乗った。もう一回乗ろうとしたら、また「ごーほーむ」と言うから父親が抱いて降りた。で、姉が乗ってるのを見て、また泣いた。

あたしが帰った後、カノコからメールが来た。Oがゆっくりことばを選びながら、こんなことを言ったんだそうだ。

「ばば、のる、くるま。

にこ、のる、くるま。

ばば、のぼる、やま。

ばば、のぼる、いわ。

みる、木。

のる、うま。

(少し考えて)

のった、うま」

いえ、ほんとはこれぜんぶ英語で言ったんだけど、つい日本語に訳してしまったのは詩人の業です。

あの子なりに、ちゃんと乗ったんだなと、ばばたるあたしは、ちょっと感動した。

クレイマー　クレイマー

　毎日、クレイマーではじまってクレイマーで終わる。

　ニコもいるけど、クレイマーなのである。おっと、これじゃ前を読んでない人には何のことかわからないじゃないか。

　クレイマーはジャーマンシェパード。たぶん二歳になる。たぶんというのは、保護施設からの保護犬なので、ほんとの誕生日を知らないからだ。

　生後三ヵ月、人間でいったら幼稚園児くらいのときに、路上で保護された。子犬ながらホームレスであった。幼児がひとりぼっちで、どんな怖い目にあったんだろう、おなかをすかせていたんだろうと思うと可哀想でたまらない。絵本の名作『やっぱりおおかみ』を思い出す。つかまって入れられたのが、殺処分する動物保護施設。その待遇は、まあ、推して知るべしだ。そしたらジャーマンシェパード保護センターの人々に保護された。

　この辺には犬種別の保護センターがいろいろある。ほかの犬種や猫もいるけど、メインはその犬種。病気や怪我があれば治し、里親を見つけて犬の一生を全うさせる、そういう組織であり施設である。頭がさがる。

そこに数ヵ月いて、七ヵ月くらいのときに、あたしが引き取った。よしジャーマンシェパードを飼おうと思い立ち、ブリーダーやジャーマンシェパード保護センターのHPを検索しまわっていたときに、この犬を見つけたのだ。

とにかく馴れない子犬だった。あたしが保護センターに連絡したときも、まず最初に言われたのが「クレイマーは怯えている」。

「人に馴れてなくて触られるのもいやがる」「野性である」と、こっちの気持ちをくじくかのようにセンターの人が言った。連れて帰ったら、たしかにおどおどびくびくして、家の中にコヨーテが一匹いるみたいだった。

それが今は、どうだ。

夜はあたしのベッドでいっしょに眠る。クレイマーは長々と手足を伸ばして眠る。それであたしは足も伸ばせず、毛布もかけられずに難儀するが、いっしょに寝る楽しさには替えられないのである。朝、目を覚ますと、たちまちでかい顔をすりつけてくる。

こい（come）と言うと、来るだけじゃなくて、あたしの股の間にもぐりこむ。腰をなでなでしてくれというのだ。だからもう抱きしめんばかりになでてほめてやる。

来たばかりのときに去勢したが、いまだにペニスはしょっちゅう勃起する。意味がない。

ところが相変わらず気が小さくて、怖がりで、すぐおどおどする。トラウマというより元々の性格かもしれない。気が小さいなら、よその犬に出会ったときにはえへへと照れ笑いでもしてればいいのに、背中の毛を逆立てて吠えかかる。緊張して対人関係がうまくいかない思春期の少年のようだ。

それで犬が集う公園には連れていかずに、ただ野山を歩き回っている。前の犬のときもそうだったから、それは別に苦にならない。

あたしの生活はクレイマーを中心にまわっている。

早朝に散歩に行き、九時頃にまた散歩に行く。このときはあたしの友人とその愛犬がいっしょである。それがクレイマーの大親友、まるで恋人同士みたいな愛情を示し合うのを見ているだけでも心が和む。

そのままその親友犬はうちに来て、日がな一日クレイマーと遊び、折り重なって眠る。夕方には親友犬とクレイマーとニコを連れて、野山を走り回る。帰りがけに親友犬を本来の家に送り届ける。夜が更けると、また近所を一回りする。

夫が死んでからすっかり料理をやめたあたしだが、犬のために数日に一度鶏肉を買ってきてローストする。穀物フリーのポリポリのドッグフードに、犬用かんづめに、ロースト鶏添え。おいしくないわけがない。

日本に行くときは、訓練士に預けていく。タケのときの訓練士は、軍隊みたいに厳格だった。犬にはもともと攻撃性があり、絶え間ない服従訓練によってそれを調伏しなければならないと言っていた。ところが、こんどの訓練士はぜんぜん違う。イラクで爆弾処理犬を訓練していた人なんだが、そのやり方は、ゆるぎのない厳しさはあるけれども、とても穏やかだ。訓練用のピンチカラーも電気カラーも使わない。ただ言葉とごほうびの食べ物と口笛で教えていく。こういう訓練士に出会えたのは幸運だった。家庭犬としての穏やかさを身につけて、可愛がられてのんきに一生を暮らせればそれでいいんですと訓練士には頼んである。

こないだ初めてクレイマーをサラ子に頼んで一泊の留守をした。ニコだけ連れてカノコのところに行ったのである（前章を参照してください）。ところが、帰ったときに、驚いた。クレイマーは、耳の先、しっぽの先まで、うれしさで爆発しそうになって、ぴょんぴょん跳ねて、あたしにからみついてくるわ、股の間にもぐりこむわ、なめるわ、噛むわ、うれしくてひっくり返るわ、こんなに愛されていたのかと、あたしは涙ぐんだのである。

サラ子が言うには、あたしたちがいない間、ずっとしょんぼりしていたと。「でもおかーさん、こうやって預かるんなら、ふだんから一日に五回散歩に行くような生活はしないでくれた方が、預かりやすいんだけど」。

うむ、たしかにそうだ、乳離れしない赤ん坊を置いていくようなもので、大変だろうなと反省したが、次の日になったら、また一日中散歩に出歩き、クレイマー中心の生活をしているあたしであった。

夜更けに散歩に行こうとして、ふと気がついた。他にすることがないから散歩に行くのだ。夕方の散歩の後一人でごはんたべて仕事して時間が経って、あー疲れたなと思ったとき、昔なら夫に話しかけたものだ。今はそのとき、散歩でも行こうかとなる。犬よろこぶ。朝早く起きたところでしゃべる相手もいないから、散歩でも行こうかとなる。犬よろこぶ。犬を甘やかしてるというより、自分のために、犬に散歩に行ってもらってるような気がする。

死んだ夫は毒親だったらしい。

彼の長男がしきりに言うのである。「父親はまったく最低な人間だった、いつも自分のことしか考えていなかった、自分の仕事だけが重要なことで、後は何にも重要じゃなかった、自分以外のあらゆる人々を見下して、力任せに抑えつけた、おれは子どもの頃からずっとそういう扱いを受けてきた」と。

これは夫の最初の結婚でできた長男。トメにとっては腹違いの兄、あたしとは同い年で、友人みたいな親戚みたいな関係である。

彼の父を語る口調には、ただ憎しみしかないので、あたしはあぜんとする。

まあ当たらずとも遠からず、夫が、自分のことしか考えない人間ではなかったとは言い切れない。あたしだって、死んじまえと何度も思ったし、別れてやるとも何度も思った。でも、最後まで別れも殺しもせずにいられたのは、けっして悪いだけの人間じゃなかったからだ。

その上、いっしょに暮らして、あたしにはわかっている。夫がどれだけ長男のことを大切に思っていたか。どんなに評価していたか。どんなに得意そうに、長男のことを人に話したか。長男がやって来るのをどんなに待ちわびていたか。夫が長男の来訪を待ち望むようすは、熊本の父があたしのことを待ってたようすとあまりにそっくりで、親の情というのは洋の東西を問わず同じなんだなと、何度も考えた。つまりあたしに言わせると、長男の意見は笑止千万。

妹たちも同じ意見だと長男が言うので、末妹、つまりトメに話を聞いてみると、少し違う。「父には、たしかにそういうところもあったけど、でもやっぱりそれだけじゃなかった」とトメは言った。「兄はそう思い込んでいるから、何を言ったってだめだ、放っておくしかないんじゃないの」と。

あたしはこれを、親子関係乱反射現象と呼んでいる。つまり親は子に良かれと思って取る行動なのに、子の方はそう受け取らず、親はあのとき自分をこんなふうに支配しようとした、自分はあんなふうに支配されかかったと、全力で親を非難する。

あたしはこれを昔、大昔、摂食障害のワークショップで観察してガクゼンとした。あたしは当事者ではなく、講演者のひとりとして加わっていたので、親グループと子グループを行ったり来たりして、親の話すことと子の話すことが食い違ってるのを何度も見たのだ。娘の話を聞いて、それはひどい、どんな鬼ババかと思って親の方に行ってみると、鬼ババは必死に生きてるただの母親で、娘に翻弄されて悩み抜いていたりするのだった。一つの事件も、親と子で受け取り方がほんとに違った。どっちが正しいというんじゃなくて、そういうものなんだろうと思った。

「逃げろ、後ろを振り向くな」と、あたしは、毒親を持つ子や親とのつきあいに悩む子に言っている。親の方にも言い分があるし、親子関係乱反射現象は起きてるし、子に逃げられたら親は気の毒だが、子が、うちの親は毒で、自分は自分らしく生きられないと悲鳴をあげているときには、とりあえず親から逃げないと自分は救えない。

ところが、あたしの見るところ、毒親と言ってる子はなかなか逃げられない。むしろうまく逃げられず、反抗できず、親殺しもできなかったからこそ、毒親憎しの気持ちが倍増するのかもしれない。

そう言うと、「逃げられる親なら逃げている、逃げようとすると、相手は前にも増して強力な毒でこっちを追いつめてくるのだ、どうやっても逃げられないのだ」と、さらなる悲鳴が返ってくる。でも、ちょっと立ちどまって考えてほしい。

あなたは本気で親を殴りたおしたことがあるか（メタファですよ）。息の根はとめたか（これもメタファ）。親からほめられる喜びなんかとっくの昔にドブに捨てたか。親をがっかりさせたか。この子には期待できない、子育てに失敗したと親に思い知らせたか。親の言うことなんか聞かずに、自分のやりたいことだけを思いっきりやってきたか。

そのへんで少しでも手加減した、親孝行をした、あるいはしたいと思ったというなら、それはまだ十分じゃない。

もちろん十分じゃなくてもいいし、どんなにやっても十分じゃない場合もある。ああ、この件は、人それぞれの違いが多すぎて、いちがいに言えないことが多すぎる。

トメは高校生の頃、父親の言動にいちいちむかつき、言い返し、突っかかっていき、父娘はいつも言い争っていた。初めは言い負かされてばかりだった。つまり、おとうさんが正しい、言うことを素直に聞け、的に。トメはその場はしぶしぶ退却し、次の日になると同じようなことでまた挑みかかっていった。父親もうんざりしてたし、見てるあたしもうんざりした。こないだは本人が、なんであんなに反抗したのかと不思議がっていたが、やる必要のあったことなんだろう。後になると、トメが父親を何度も言い負かした。

で、あたしは思うのだ。長男はいい息子で、成績もよく、社会的にも成功して、父の自慢の息子だった。でも若い頃、トメみたいな捨て身の反抗をしてこなかったんじゃないか。一方トメはガンコで、勉強しない子で、成績はろくなもんじゃなく、父にはいつも叱られてばかりいた。ほんとに心配したけど、長い人生的に見たら、かえって「よくやった」のかもしれないなあと。

すてきなラマーズ法

今はズンバに、以前ほど熱中してない。諸行は無常であります。それでも、週三回は行っている。え、じゅうぶんだって？

二、三年前にあたしは五十肩というか、ほぼ六十肩をやって、それは右肩で、右腕があがらなくなった。一年以上かけてゆっくりとあがるようになったが、治りかけた頃、こんどは左腕があがらなくなった。だからしばらくは両腕があがらなくて不便だった。でもその左肩も時間をかけて、今、あがるようになりかけたところだ。

ズンバでも筋トレでもなんでもそうなんだが、筋肉に力をこめるときは息を吐く。反対にゆるめるときには息を吸う。そうすると、筋肉の細胞のすみずみまで酸素がしみじみと行きわたり（イメージです）、筋肉がやわらかくぷよぷよになって、よく動く。

固まった肩を、痛いのを我慢して上に伸ばしていくときもそんな感じ。息を、ヒー、フーと吐きつづけていくと、すっきりと伸びる。しゃがむときも、背中を伸ばすときも、同じ感じ。吐く息とともに（ということはつまり交互に吸って）動かせばいい。

そのとき無意識に、ヒーフー、ヒーフーと唱えている自分に気がついた。

これは、ラマーズ法だ。

むかし習いおぼえた。

もう三十数年前になる。忘れもしない一九八三年の秋、妊娠がわかって、産む覚悟をした。その数年前に、当時話題になっていた『お産革命』という本（名著だった）を読んだ。実践するときだと思った。ラマーズ法について書いてあったから、どうせなら、ぜひともこの方法で産んでみたいと思った。

目指すは、立ち会い分娩のラマーズ法の陣痛促進剤なしの会陰切開なしの自然分娩の母乳育児。なにしろ、はじめての妊娠……じゃないが、はじめての産むつもりの妊娠で、はじめての出産で、はじめての育児で、理想に向かって邁進《まいしん》していた。まだ「がさつ、ぐうたら、ずぼら」の極意を得る前だ。

出たばかりの三森孔子さんの『産婆さんがすすめるすてきなラマーズ法お産』を本屋で見つけて読みふけった。そして実際、ラマーズ法をやってる産婦人科医院を近所に探しあて、ラマーズ法の講習を当時の夫とともに熱心に受け、熱心に予習して、臨んだお産はさんざんだった。赤ん坊はのべ三日出てこなかった。夫は役立たずで退場させられた。陣痛促進剤は使われたし会陰切開もされた。その上吸引分娩で、ハッハッハッの呼吸なんてしないうちに、ずぼっと産み出した。

しかしながら、二人目。

産んだのは、ラマーズ法でもなく、夫の立ち会いもない、昔ながらの普通の町の産婦人科医院で、全然流行《はや》ってないところだった。ところがいざというときに、ラマーズ法の呼吸が自然と口から出て来たのには驚いた。そして今度はフーウンからハッハッハッまでちゃんとできた。

そして十年間、間があいて三人目。

カリフォルニアの大学病院で産んだ。今回は最後だという意識があるからリキが入り、ぜひとも、しゃがみ産をやってみたいと思っていた。大学病院の分娩室で、しゃがみ産を知らないアメリカ人たちにかこまれて、また無意識にヒーフーヒーフーと言いながら、しゃがんで産もうとしたのだが、うまくいかない。スタッフはああしろこうしろとしきりに指示するのだが、あたしが従わないので、ついに怒り出して出ていってしまった。

こっちは自分のお産だ、やりたいことをやらせてもらうと必死だった。そしたらマスクして手術着の外科医みたいな恰好の産科医が「まあまあ、横になってごらんなさい」とあたしをなだめ、膣に指を入れて、「こっちの方向にいきむんですよ」と穏やかに助言してくれた。その通りやってみたら、うまくできたので、しゃがみ産はあきらめて、そのまま医師にリードされて、分娩台で上向きに寝て、股を開いて、でもあいかわらず口ではヒッヒッフーヒッヒッフーとさわがしく唱えながら、トメを産み落としたのである。

なにしろ十年も間があいていたし、ラマーズ法の呼吸なんて、陣痛が始まるまで忘れていたのにもかかわらず、始まったらとたんに全身がヒーフー呼吸をし始めたから、すごいものだ。自転車に乗ることや泳ぐことは何年たっても忘れないと人が言うが、ああいうのと同じように、呼吸法も、身体が忘れない。ラマーズ法、マジですごいと思った。

つい先日、熊本で、産婦人科のお医者さん、助産師さんたちと話したときに、「この頃はラマーズ法あんまり流行ってませんね」と言われた。今はソフロロジーというのが主流だそうだ。ラマーズ法は、『良いおっぱい悪いおっぱい』なんかと同じで、この世代のこういう意識を持った女たちだけに通用する呼吸法になってるのかもしれない。

で、その女（たとえばあたし）が今や六十代だ。心身にガタが来ている。ズンバやってるときも、犬と散歩してても、階段や坂道をのぼっていても。空港の中を重たい荷物引きずって歩いていても。息は切れるし、はずむし、あえがずにはいられない。

そして今、あたしはそれを、無意識に、ヒーフーヒーフーでのがしながら歩いている。ああ、なんてすてきなラマーズ法。芸は身を助けるというが、六十一になってこんなに活用できるとは思いもよらなかった。

命日

こないだイトコにメールした（今書いてる時点では四月であります）。

「あの一つかぬことをお聞きしますが、うちの母の命日っていつだっけ？」

まったくいつもこれだからと（たぶん）思いながらイトコが返信してきた。

「十一日だよ。伯母ちゃんにコーヒーとチョコレートお供えしました」

というのも、うちの父は筋金入りのコーヒー好きで、サイフォンだドリップだと一通りためしたし、豆にも凝っていた。死ぬ前の数年間は、たんに粉を入れればできる普通のコーヒーメーカーに頼ってはいたが、コーヒーを欠かしたことは一日たりとてなく、死ぬその日にも作って飲んだ。若いときには「おれが死んだらコーヒーさえお供えしてくれればいいから」といつも言っていたのだった。

チョコレートも大好きだった。戦時中は飛行機乗りで、飛行のときは毎回チューブ入りのチョコレートを支給されたそうで、それが楽しみだったけど、戦後、進駐軍のくれたハーシーを食べたら、あんまりうまくて、これじゃ負けるはずだと思った、とよく話していた。それでチョコレートも欠かしたことがなく、「おれが死んだらコーヒーとチョコレートさえお供えしてくれればいいから」とも言っていたのである。

昔の夫婦は、夫の好きなものがすなわち夫婦の好きなものになってたみたいで、母がほんとは何を好きだったのかよくわからない。鯖や鮭が好きだったのは知ってるが、それはただのごはんのおかずだった。

とにかくそういうわけで、母の命日にはあたしもコーヒーとチョコレート。そしてその六日後が父の命日で、またコーヒーとチョコレート。父は母の三回忌をすませた直後に死んだ形になり、ほんとに仲のいい夫婦だったんだなと思って、あたしはすごくうらやましいのだ。そして今年はそこに夫が加わる。

夫が死んだのは父の命日の十日後。熊本地震の十一日後だった。

命日といっても何もしない。そもそも夫が生きてた頃はよくやってたディナーパーティーも、死んだらぱたりとしなくなった。もう誰も呼ばない。誰も来ない。

そもそも父や母の命日にだって何もしてない。コーヒーとチョコレートだけだ。

母が死んでから、父は毎朝コーヒーを作り、小さな卵立てに注ぎ、砂糖をスプーン一杯入れて、母の写真のそばにそれを供えて、お線香を上げた。次の日にも同じことをくり返したが、そのとき、父は、いつも前の日の極甘古コーヒーをきゅっと飲み干して、そこに新しいコーヒーを注ぐのだった。

父が生きてた頃は、母の命日にお花やおいしいものを買ってきて、父と二人でちょっとしんみりした。でも後は、何にもしなかった。父が死んだら、もうあたしだけ。で、命日の日づけさえ忘れたりするわけだ。

夫の命日は、ここのところ毎日思い出している。あと一週間でその日だなと思い、あと五日でその日だなと思い、あと三日でその日だなと思って、暮らしてきた。

一年前の今頃のじたばたが思い出される。あのときは、ただやらなくちゃいけないことを粛々とやっていたのだ。「粛々」は、辞書によると「しずかに」「おごそかに」ということだが、あたし的には、感情を乱さず、黙って、やらなくちゃならないことをやるという意味だった。そうせずにはいられなかった。襲いかかってくる死に巻き込まれずに、生き抜くために。

感情を乱されるようなことなんか何も起こってないかのように夫の入院していた施設に通い、夫の不満や要求を聞いた。施設の裏には荒れ地があった。行き帰りにそこに寄って、犬たちと歩いた。四月になると草が熟して、小さいニコは、歩くだけで草の実や草のトゲまみれになるのだった。家に帰って、黙ってニコを抱きかかえ、感情なんかないように、ただやらなくちゃいけないことをやるように、丹念にそれを取り除いた。あのときのことはあんまり思い出したくない。

死ぬ三日前といえば、夫はうちにいた。ホスピスケアだった。あたしは夫に向かい合い、やらなくちゃいけないことをやり、コンピュータに向かって仕事し、それから犬たちを散歩に連れ出した。夫はどんどん弱っていって、夫の重たいからだを動かしたり、動かせなくて途方にくれたりした。そういうことも思い出したくない。

だからあたしは頭を振って立ち上がり、スコッチを買ってきた。二十年間買い続けたアイラ島のシングルモルトのスコッチウイスキーだ。誕生日にクリスマスにバレンタインデーに、どうかすると父の日にも。日本に行く前にも、ときどきそっと買い足した。あたしがいない間、好きなスコッチでも飲んで機嫌よくしていてもらいたいと思ったのだ。

もうずいぶん買ってない。死ぬ二年くらい前から飲まなくなった。あたしにとっては、スコッチを飲む男が夫だったような気がする。飲まなくなってから、夫は、夫じゃなくなったような気がする。夫のオトコ性がしゅうっと消えてなくなって、夫は、あたしが養って保護してやる人、見守って看取って死なせてやる人になったような気がする。

あたしはこんな顔してるが、実は強い酒がまったく飲めない。シングルモルト、夫にプレゼントするばかりで、二人でしみじみグラスを、なんていうことは一度もなかった。

貧困の予感

今年の税金の時期はつらかった。

自分の税金だけであたふたしているときに、「固定資産税は払いましたか？」という問い合わせが税理士から来て、ぎょっとして調べたらまだだった。家の固定資産税なんて、夫が払うべきものだったのだ。「滞納金がかかるから早く払ってください」と言われたが、「無い袖は振れない」ということわざがしみじみ身に沁みた。

夫が死んで、こんなに何もかもがのしかかってくるとは思わなかった。

夫は、なんでも慎重に、緻密に、抜かりなく、しかし万事ややネガティブに考えて対処する男だった。自分が死んだ後のあたしの暮らしについても、ちゃんと考えておると本人も思いこんでいたし、あたしもそう信じていたのだが、最後はボケてたのかもしれない、抜かりだらけで、あたしのことなんかちっとも考えてない遺言を残してくれた。夫は、こいつならなんとかなると、あたしの経済力を過大評価してたのかもしれないとも思う。

つまり、彼が残してくれたのは、ローンがまだたっぷりと残っている家一つ。

南カリフォルニアの海の近くで広くてという条件を考えれば、かなり価値があるとみんなが言うが、引っ越す気も売る気もない。売っちゃったら、住む家を探さなくちゃならない。この家が「高く」売れるんだから、よその家が「安く」買えるとは思えない。そういう間にもローンは払わなくちゃいけない（それを助けるために娘たちが二階に間借りしてくれた）。家の税金も保険も払わなくちゃならない。修理も手入れもいろいろとある。そういうのはぜんぶ夫の担当だったのに、今はあたしにかかってくる。

あたしが今運転している車も、夫が買って、夫が保険も諸経費も払っていた。うちには他に二台の車があり（アメリカでは必要なんですよ）、そっちはあたしが買って、あたしが払っていた。つまりあたしは今、いきなり車三台分の所有者になり、諸経費がおおいかぶさってきているというわけだ。

慎重に、緻密に、抜かりなく、しかしネガティブにという夫とは正反対で、あたしは行き当たりばったりで、無計画で、お金のことはとかサッパリで、万事ポジティブに、というよりはむしろオプティミスティックに、まーなんとかなるだろーという感じで生きてきた。実際、なんとかなってきた。だから今度も、印税を前払いしてもらったり（昔の文士みたい）、貯金をくずしたり、いろいろと策を講じて、なんとか乗り切った。

あたしの場合、この困窮には、もうひとつ複雑な事情がある。

それはあたしが非居住者、つまり海外に住む日本人という立場で、日本国内に住民票がなく、在留届というのをLAの領事館に届けてあり、永住ビザでアメリカに住んでいるから、日本に税金の申告義務はなく、アメリカに申告義務があるという事情なのだ。

収入には源泉徴収というものがあり、日本に住むふつうの人は収入の一割引（と復興税）だが、非居住者の場合は、取りっぱぐれのないように二割引（と復興税）。重税感にうちのめされる。煩雑な書類を出して日米間の租税条約の手続きをすれば、源泉は引かれず、アメリカだけで申告して税金を払えばいいことになっている。で、ほとんどをそうしているのだが、このやりかただと、源泉引かれてないから、毎年税金の時期にごっそり納めることになり、無計画に生きるあたしは、毎年、右往左往して金をかきあつめなきゃならない。

その上にマイナンバーというシステムが行く手をはばむ。それがないと、お金を送ることも、お金を受け取ることもできない。あたしは日本で稼いでいるので、生活費を日本からアメリカの自分の口座に送らなければならない。それができない。そして日本の出版社は「なるべくなら日本国内の口座を教えてください」としゃあしゃあと言う。

友人の誰かれはこの制度をたいへん嫌っていて、マイナンバーを受け取らない工夫をあれこれとしているそうだが、あたしは違う。積極的に欲しい。市役所に、欲しいんですがとわざわざ聞きにいったところ、住民票を登録すればゲットできるが、非居住者になればまた無効になると言われた。

ひううと心の中で風が吹き抜け、タンブルウィードが転がっていった。アメリカの荒野でよく見る根無しの草だ。殺伐とした風景の西部劇で、ガンマンや幌馬車なんかの後ろをただ転がっていくあの草だ。

不便である。不毛である。

あたしは日米を行き来するたびに数十万円ずつ現ナマで運んだ。もっと運びたくても、そんなにお金が、口座に、入ってないのである。年に一度の税金はそんなもんじゃ足りない。もうだめかと何度も思った。

てなことを、あたしはすらすら書いてるように見えるでしょう。とんでもない。二十年かけて、こういうシステムが、仕組みが、わかってきたのである。若いときにこういうことを知っておけばよかった。

もの書きの賃仕事で日銭を稼ぐフリーの詩人という境遇が、ああ、身に沁みる。

なんとなくこの頃は、「老後にいくら必要か」という記事が目につく。あちこちで（『婦人公論』でも）目につく。読んでみると、たいていしらっと、何千万というお金が必要だと書いてある。あたしの働きぶりじゃ、絶対そこまで貯まる気遣いはない。この頃、本がほんとに売れない。読者のみなさまには、図書館で借りずにちゃんと買っていただきたい。そういう記事は不安になるから読まないようにしていたんだけど、この頃またなんだかやたらに目につく。「老後貧困」や「老後破産」だ。読むたびに奈落の底につきおとされるような感じを味わっている。

植物の殉死

夫が死んで一年とちょっとになる。ここ数週間、いや数ヵ月、実は数年、植物があんまりしあわせそうに見えないことに、なんとなく気づいていた。

おっと、「しあわせそうに見えない」。これは英語からの直訳だ。夫がよく言っていたものだ、「植物たちがしあわせそうに見える（they look so happy）」と。

うちの中に、植物がおびただしく置いてある一角がある。昔はどの鉢もどの鉢もみっしりと繁茂して、葉はぴかぴか輝いていた。あたしが毎日、なでさすり、水やりし、枯れた葉を取り、ほこりを拭き取り、カイガラムシを潰していたのだ。株が弱ると外に出して、新しい鉢を買ってきた。株分けや植え替えして、どんどん殖やした。最盛期には家の中に二百個以上の鉢植えがあった。その頃は親も犬も夫もまだみんな元気だった。

それから親の介護が始まった。日本とカリフォルニアをひんぱんに行き来するようになった。その頃、植物たちは落ち着いていて、植え替えも株分けもしないでよくなっていた。と言いますか、そんなことしている時間がなかったから、殖やすことは考えず、今在《あ》るものをただ維持するしかなかったのだ。

その頃から、土の運搬や植え替えのときの立ったりしゃがんだり、いわゆるスクワットがつらくなってきた。ズンバを始めたのもその頃で、ズンバの動きの中にももちろんスクワットは入っているが、ズンバの基本が「無理しない」。自分の能力に合わせて動けばいいので、植え替えはできなくても、ズンバのスクワットならまだできる。……まあ、だからやせないんだけどね。

あの頃は日本に帰るたび留守にするたび、鉢が枯れて少なくなっていった。そして夫の最期の日々には、もうそれどころじゃなかった、何もかも放ったらかしだった。人間の子どもならネグレクトで問題になっているところだが、植物は気にしない。

植物にとっては「死ぬ」は「生きる」で、「生きる」は「生きつづける」だ。株がひとつ枯れても、一片の葉や茎や根から、命がつながる。たとえ枯れても、いつかどこかでまた新しい株になって生きつづける。

植物のそんな生きざまは、長年の植え替えや水やりで観察しつくした。植物は、死んだら死んだっきりになる人や鳥や犬なんかとは、ぜんぜん違うと思っていた。……思っていたのだが、この頃は思わない。真実は、すべての生きるものたちが植物と同じなんだ。人や鳥や犬なんかでも、「死ぬ」は「生きる」で「生きる」は「生きつづける」だ。なんだかそんなふうに思える。

ここに二鉢のユーフォルビアがある。トウダイグサ科である。一鉢は一階にあり、上に向かってぐいぐい伸びている。もう一鉢は二階にあり、階段の手すりからはみ出して下に向かう。その隣にサンセベリアがある。

この頃、二階から下がってくる方のユーフォルビアから、やたらと葉が落ちる。気づいたが、深く考えなかった。水やりが足りない、こんどやればいいと思っただけで、葉や茎や土の状態をきちんと調べたりはしなかった。放ったらかしだった、もう何ヵ月も。

すると先日、二階に住むサラ子がユーフォルビアの隣のサンセベリアを指して「カイガラムシがすごいんだけど」と言った。なんたることか、サンセベリアはキジカクシ科、日当たりも水やりも適当でいいのに、カイガラムシもついたことがない。そういう丈夫なやつだった。それが見るも無惨にカイガラムシに覆われて、葉という葉がまっ白になっていたのである。手の施しようがなかった。

そのとき、気づいたのだ。その隣のユーフォルビアが、葉がよく落ちるどころじゃない、株全体が枯れ果てていたことに。

他にもあった。サンセベリアがもう一鉢、シェフレラ、パキラ、フィロデンドロン、モンステラ、十何年もそこに在《あ》って、いつまでも在るとばかり思っていた大鉢が枯れていた。どれも手遅れの状態だった。しかたがない。処分した。処分した。処分した。

処分した。見たこともないほど、家ががらんとしてしまった。ここまで枯れるのに何ヵ月も何年もかかった。植物たちのスピードで、ゆっくり殉死をしとげたみたいな感じがした。

そのときふとあたしが、隣で大量処分を手伝ってくれていたサラ子に「ダディが今帰ってきたら、びっくりするんじゃない、ウチに見えないって言われるかも」と話しかけたら、母親がとんでもないことを言い出したというふうに、サラ子がびっくりしたのが見てとれた。

そうか、びっくりするようなことなのかとあたしは考えた。サラ子にはラブラブのパートナーがいて仕事は忙しくて毎日は充実して、その上この頃二人は仔犬を飼いはじめ、家族意識も濃厚に、仔犬の父母をやっている。リア充というのか、死んだ人のことを思い出すような生活をしてないから（いい関係の継父娘だったんだけど）あたしの発言が唐突に聞こえたんじゃないかと思うのだ。

あたしはいつも思い出して自分に問いかけている。今、夫がドアのところに帰ってきたらどうかな。何を思って、何を言うかな。どんな表情かな。ああ、夫がいないな。もしここにいたら、コレをするかな。アレを食べるかな。……帰ってきてほしいなんてちっとも思わないんだけど、それでもしょっちゅうこんなふうに、ほとんど無意識に問いかけている。

思い出のローストチキン

あたしのローストチキンの作り方はこうだ。まず根セロリとポロ葱とマッシュルームとフェンネルとパセリを、大粗みじんに切り、鶏レバーもいっしょに炒める。酸っぱいサワードウのパンにバターたっぷりつけてトーストしたのをちぎり入れ、生卵を一つもみこんで塩胡椒。それを鶏のおなかにつめて、胸を下に、中火のオーブンでだいたい一時間半。チキンスープやたまった汁をかけながら焼き上げる。腹の中のものはかき出してチキンに添える。別鍋で表面かりかり、中はしっとりに焼いてもいい。汁は漉《こ》して脂を除いて、ソースとしてかけるといい。他にもオレンジとショウガ入りのやレモン入りのをよく作ったが、この根菜入りのがいかにも家庭料理という感じで、食いでがあってあたたかい。時間がかかるから、心に余裕があるときにかぎり、よく作ったし、客にも出した。

ここに移り住んだ頃、二十年かもっと前だが、人を呼ぶディナーの多さに辟易していた。こっちでは人とのつきあいといえば、家のごはんに人を呼んだり呼ばれたりだ。というのも、あたしが住み着いたのが、ヨーロッパ人の多い、かなり年上の世代のコミュニティだったというせいもある。

人を呼んだときには、テーブルもきちんとセットしてコース料理だ。オードブルからはじめて、肉か魚につけあわせの野菜。それからサラダ。お皿を新しくしてチーズ。そしてデザート。呼ばれたほうもワイン一本持って、ちょっとおしゃれして来るのだった。

ああしかし、あたしはほんとに辟易していた。まず英語だ。夫とならいくらでもしゃべれるのに、ディナー時の英会話の激流にはついていけなかった。あわわわ、およよと思ってるうちに話は目の前を通り過ぎた。やがてあたしは黙っていることに慣れたのだが、引っ込み思案のおとなしい女と思われてるのも癪《しゃく》に障《さわ》った。その上、人があたしに日本食を期待するから、テンプーラでも作るかと台所でやってると、「こっちに来い、女が台所にすっこんでいてどうする」と明朗なフェミニズム意識でみんなが呼ぶのだ。「け、日本食ってのはなあ、フェミニズムとは相容れないんだよ」と説教したい気分だった。

コース料理は、見えない小人さんたちが働いてくれでもしないかぎり、主婦に負担がかかる。皿を下げて洗ってまた皿を下げて洗って、その間に会話に加わり、忙しいったらありゃしない。なんというむだの多いことか、小人さんかメイドがいるのを前提にしてこそ成り立つ暮らしだなあなどと考えた。二十年暮らしたら、いつのまにかディナーも英会話もてきとうにできるようになっている。

自分で言うのもなんだけど、あたしはかなり料理がうまい。探求心はある、好奇心もある。枝元や平松といったプロたちに比べると好き嫌いが多いが、その好奇心で好き嫌いをカバーする。片づけは下手だが手際はいい。諸国の料理にも果敢に挑んできたから、今はふつうに西洋料理を、肉じゃがみたいな感覚で作れるようになった。

新しい人と知り合うと、あるいは客が来ると、じゃディナーしようということになった。最初のうちこそ、夫が主導権をにぎって、完璧イギリス風に仕切っていた。呼ぶお客も（先にここに住み着いたんだから当然ながら）夫の友人知人ばかりだった。やがてあたしが料理担当になり、醬油のものが多くなり、あたしの友人知人も呼ぶようになり、夫は、テーブルのセッティングや買い出し、後片づけ、飲み物の世話などを担当した。でもしだいに何もできなくなった。準備も、買い出しも、後片づけも。夫が何もできなくなってからも、あたしたちはディナーをちょくちょくやった。あたしが一人で準備して料理して片づけた。そしてそれもしだいにやらなくなった。うちでディナーをやらなくなったのは夫の死ぬ一年半ほど前だ。もう、友人から呼ばれても行かなくなっていた。ディナーの席で、以前はあんなに人々の中心になってしゃべりまくり、食べまくっていた夫が、まるで昔のあたしみたいに、会話についていけないのを見るのは辛かった。

夫が最後に、ディナーの席でいきいきとしてたのは、死ぬ二年前に「モト」こと柴田元幸さんが来たときだ。夫は柴田さんをいたく気に入り、こんなにおもしろい男には会ったことがないと言い、その後、モトともう一回ごはん食べると言い出したから、わざわざ柴田さん夫婦のいるLAまで連れて行った（もう夫は運転できなくなってい た）なんてことも思い出した。こういうことを書き始めるとついカレンダーやらメールやらひっくり返して、あんなこともあったこんなこともあったと考えてるから、なかなか先に進まない。

こないだひさしぶりに、あたしはうちでディナーした。近所に住む古い友人で、夫にとっては家族同様のR夫妻と、気が合っていつも助け合っていた独身のH、彼らに比べたら新来だが、夫の最晩年に親しくなった、そしてあたしにとっても大切な友人である日本人のM夫妻とが、昔みたいに来てくれた。

夫が死んだ後、あたしは一人で、友人たちの家のディナーに呼ばれていたのだ。こないだだれかの家でディナーしていたとき、「今度はうちでしよう」と言ってみた。「おお喜んで行く、昔みたいに」とみんなが言った。

それで作ったのが、冒頭に書いたローストチキン。作り方を忘れてると思っていた。みんなもヒロミは忘れてるに違いないと思っていて、オードブルやら何やら持ち寄ってくれたが、いやいや、考えなくてもちゃんと手が動いて、いつもどおりのチキンが焼けた。家族のために、何十回となく作ってきたローストチキンだった。

料理、言い残す

料理についてはまだ書き足りない。今まで二十数年、工夫に工夫をかさねてきたレシピだ。本を見たり人に教わったりしたのもあるけど、何度も作っているうちにいつのまにかあたしの味になった。でももう作らない。ぜんぶ、読者のみなさんに言い残したい心持ちだ。

こんな気持ち、以前も感じたことがある。末っ子のトメがピアノをやめたときだ。茶色い猫脚のピアノだった。カノコが弾いてサラ子が弾いてトメが弾いた。カノコは大学で音楽専攻、ピアノはほんとに役に立った。最後はトメが習ったが、しだいにやる気がなくなり、先生や父親に叱られながらいやいやぐずぐずやって、とうとうやめた。もう誰も弾かなくなったピアノを拭いて蓋《ふた》を閉めたとき、ピアノさん今までありがとう、子どもたちを見守ってくれてと思って、涙が出た。

まず《マッシュポテト》を言い残す。日本のレシピには、フォークの背でつぶすとか裏ごしするとか書いてある。とんでもないです。何よりマッシャーなる器具を購入しなければならない。それを使って、茹でたての芋をマッシュしていくのだが、やみくもにつぶしたりこねまわしたりはだめだ。リズミカルに手を動かし、愛をこめて、中に空気を入れ込むようにする。そしてバターを多めにどばっ、冷蔵庫の中の乳製品大処分会という心持ちでチェダーチーズ、クリームチーズ、サワークリーム等々どばっどばっ。カロリーが気になるときはチキンスープでやってもいい。でもコクはなくなる。

それから《ピンクシュリンプのパスタ》も言い残す。ある日突然夫がパスタマシーンとこね機を買ってきた。初めは夫ががんばって作っていたが、しだいにあたしが（娘のいるときに限り……手伝わせる）やるようになった。きしめん状のフェットチーネになるから、いつかきしめんのつゆでと思うが試したことはない。

まずエビを下ごしらえしてころころに切る。トマトペーストを半カップの白ワインに溶かす。⅓カップのオリーブ油にみじん切りの玉葱とにんにくを炒め、そこにじゃっと一気にトマトワインを投入して（はねますから）しばらくくつくつ。そこにエビを投入して火を通し、半分をフープロにかけてなめらかにして、半分はそのまま。鍋に戻して生クリーム半カップ入れてちょっとだけくつくつ。イタリアンパセリのみじんを散らす。

次に《ミートソース》作りのヒミツも言い残す。玉葱やにんにく、人参のみじん切りを炒めてひき肉を入れ、さらに炒めて、さてどうするかというと、牛乳をひたひたに入れてくつくつ弱火で煮るのだ。やがて牛乳が白く透きとおる。そこにトマトソース、手のひらにこんもりするほど大量の乾オレガノや乾バジルを入れて、さらにくつくつ。

もし夕食に《ブリーチーズのパスタ》を作るなら、昼ごろから用意を始める。ごろごろに切ったブリーチーズ（カマンベールでも）、一口サイズに切った完熟トマト、山盛りの生バジルの葉。ぜんぶボウルに入れて⅓カップのオリーブ油をかけ、よく混ぜてラップしてそのままテーブルの上に置いておき、バジルをチーズに、油をトマトに、よくなじませる。ペンネを茹であげて、そのまま具に混ぜる。ブリーがとろっとろになる。トマトを多めにするとさっぱりする。

母から受け継いだ《鶏のこってり煮》は、鶏の皮つきももを皮を下にじっくり焼いて脂を出す。脂を捨てて、醬油・みりん・酒・砂糖。しょうがをつぶして数片、にんにく数片、八角をいくつも。蓋をして弱火でことこと煮る。たれがこってりと鶏にからまってツヤが出てきて、肉はほろほろになるまで。仕上げの寸前に大量のパクチーを鶏の上に乗せて蓋。パクチーはくたっとするからもりもり食べる。昔はパクチーなんてなかったから、母のはしょうがと八角だけだった。

あたしの大好きな《なすとピーマンと玉葱のくたくた煮》は、夫には嫌われた料理だった。アメリカのなすはアクが強いから三十分前に切って塩水につけておく。なす、玉葱、ピーマン、ぜんぶ輪切りにして、鍋に並べ、にんにく数片、白ワイン一カップ、オリーブ油⅓カップ、塩胡椒、蓋してただ蒸し煮。とろとろになって、ごはんのおかずにもなるし、パスタソースにしてもいい。

ちょっと和風な《セロリのコールスロー》はどんな料理にも合って、お客にはとても人気だった。セロリの筋を取り、ななめに千切り、少し塩して置いておく。しんなりしたら水気を切って、かにかまの細切りとマヨネーズ、わさび、ほんの少しの醬油で混ぜ合わせる。

まだある。言い残しきれない。よく作った和食系はたいてい枝元なほみに伝授されたから、枝元に言い残してもらってください。じっくり揚げ焼きした鶏のなますがけとか、素揚げごぼうの豆腐サラダとか。

夫が最後まで食べたがった《シェパーズパイ》はイギリス料理だ。マッシュポテトをあまり脂分を入れずに粗めに作る。玉葱とひき肉を炒め、水煮トマトを加え、ナツメグやパセリを適当に入れて、粗ミートソースを作り、芋、肉、芋とかさね、最上段にチェダーチーズをかけて焼きあげる。大きな器で作るときは、ゆで卵をそっと隠しておいた。

サラダのドレッシングは二十年以上かけて体得した割合がある。でもこればかりは体で伝えなければ伝わらない。体全体を使って、酢、塩胡椒、油の適量がわかる。体全体を使って泡立て器で混ぜる。乾タラゴンを手のひらですりすりと粉にして、酢に入れるのもよくやった。日本のきゅうりが手に入ったときには叩いて入れた。まな板の上でばんばん叩いていると夫が来て「きゅうりがいったいどんな悪いことをした」と言って笑ったものだ。毎食サラダを作ったが、あたしは生野菜が嫌いで、たいてい夫が「いいドレッシングだ」と言いながら一人で食べたっけ。

そういう料理を、あたしはもう一切作らない。

なんだかね、ピアノの蓋が、重たい蓋が、ひとりでにぱたんと閉まったみたい。

セックス考

ジムには、月に一回のマッサージ込みのお得プランで入っているから、毎月同じ人に、薄暗いところで横たわって、全身に草木のニオイの油を塗られて、マッサージしてもらう。彼女はズンバの先生でもあり、ズンバのときは元気で明るいので、最初は三十くらいかと思ったが、暗いところで見慣れると四十、いやもっと上か。四十数年の苦労をしてきた指に肩の凝りがつまみ取られ、ぐりぐりと押されて、あたしはあえぎ声をあげる。

数日前、そんな感じでぐりぐりされて、あたしは、あ、なつかしいと思った、セックスが。いや、性欲わいたとかセックスしたいとかいうんじゃない。自分のからだが、他人の手でさわられることへの郷愁だ。読者のみなさんなら、あたしの言わんとするところを的確にわかってくれると思う。

あたしら六十すぎの女たちで、現役でセックスやりまくってますという女がどれだけいるだろう。あんまりいないと思う。何を隠そう、あたしもそうだ。セックスしたいかといえば、別にしたくない。あの親密な肌のふれあいはなつかしいが、そこにいたるまでの過程は、はっきりいってめんどくさい。万が一セックスに持ち込んだとしても、もうホルモン値は激減してるから、膣の中は乾いていて痛くってたまらないはずだ。

　思い起こせば四十数年前、はじめてのセックスを……とそこまで思い起こしたらいろいろとまずいことも言わねばならぬ。一切合切中略して、話は死んだ夫にとぶ。

　夫が、老いたりといえども元気だった頃。夫にはまだセックスする気があった。あったが、年と諸病のせいで、できなくなっていた。できないのをむりやりするセックスはつまらなくてつらかった。夫は苛立ち、悲しみ、自分を責め、あたしを責め、もういいからと言っても怒り、なぐさめても怒り、ベッドの中は真っ黒け。……そんな時期があったが、時は流れて、いつしか楽になった。

「おれたちの関係はずいぶん落ち着いた」と、ある日夫がしみじみ言った。夫は老い果てて、あたしもこのように老いて、どう見てもおじいさんとおばあさんのカップルになった頃だ。ていた。夫はすっかりあきらめて、セックスのことを言い出さないようになっていた。ここにたどり着くまで長い時間がかかった。でも今はとても落ち着いている、
　あたしもそう思った。

　ふふふ、夫にとって、あたしは最年長のばばあだな、いろんな女とつきあってきたろうが、ここまで年取った女は初めてだろうと心の中で豪語していたものだ。

若い頃はもちろんずいぶんセックスしたが、楽しいからセックスしていたというより、男との関係に依存して、セックスしないではいられなかったのであって、楽しかったというより苦しかった。今から考えると、自傷行為みたいにセックスしていたんだと思う。

そもそもセックスというのは、したいときにしたいだけできないものなんであーる。その食い違いで、自分も苦しんだし、相手も苦しませた。どの男のときも、あたしは相手がしたいほどしたくならなかった。忙しくてセックスなんかしてられないということが多々あった。女のことをよく考えてくれる男とばかりつきあってきたから、したくないセックスを強要されたことはなかったが、したくないと言うと、それは相手を傷つけた。

ああ、もし時間を巻き戻せるものなら、あのときこのときに立ち戻り、相手のことをもう少し考えてあげたい。でももし巻き戻してその立場にまた立てば、やっぱりあたしは、したくない、忙しくて疲れていてそれどころじゃないと言うに違いない。そういうものなんだろう。それがセックスなんだろう。そして、老い果てて、しなくなってみると、ああよくセックスした、楽しかったという思いが残る。それもセックスなんだろう。

ここにクレイマーがいる。二歳の雄犬はからだにも表情にもたるみがなく、体臭がきつい。それがなんだかとても男臭い。名を呼ぶと走ってくる。そしてあたしの股の間にからだをつっこんで、股で胴体をしめつけろ、おしりを中心になでてくれろと要求する。不思議な要求だが、愛情表現には違いないから、あたしはよろこんでそれに応《こた》える。でへへ、若い雄犬がいれば男いらずですよと人には笑って話しているけど、実は違う。あたしはクレイマーを従わせる。あたしがコイと言ったら来る。トマレと言ったら止まる。靴をおなめと言ったらなめる……ってのはしないが、服従させるというのが犬とのつきあいの本質だから、セックスの本質とはまったく違う。

マッサージをやってるジムには、ジャクージがある。普通のサウナもミストサウナもある（どれも水着着用なのが残念だ）。ああいう気持ちよさも、セックスみたいなものだったっけ、ふとそういう疑問を持って、行ってみたら違った。泡の噴流にさわられるのは、人の手にさわられるのとはぜんぜん違った。まったく違った。

だから最初に戻る。薄暗いところで横たわって、人の素手でぐりぐりと押されて、あえぎ声をあげながら、あたしは、この快感はまさに、老いてセックスしなくなった女たちのためだけにあるべきではないか、とまで考えたのだ。

これ、セックスしなくなった女たちのために、すごい癒やし効果がありますねなんて、マッサージセラピストには言えないが、ほんとにそう言いたかった。そして心から、ありがとうと言いたかった。

よなよなツイスト

このごろ、夜中になると、ひとりで、やってることがある。ツイストだ。たいてい仕事につまっている。

YouTubeで、古い、一九六〇年代のツイストの曲をかけて踊る。大きい鏡を机にたてかけて、踊る姿をうつす。

実は、一曲分つづかない。一分くらいで、もう汗まみれになり、息は切れる。そしたらからだをゆらして腰をまわすだけにする。しばし休んで、また踊る。みんなでやるズンバなら三十分でも四十分でもつづくのに、ひとりだとやはりつづける根性がない。

ツイストはどんな踊りよりかんたんだ。だれでもできる。両足いっしょにひねればいい。右足はこっちで左足はこっちなんて考えなくてもいい、上体と下半身の動きが違うなんてこともない。

そうやってひとしきり踊ると、全身が緩んで、温泉に浸かったみたいな気持ちよさがある。ふーと息を吐いて、さあまた仕事。犬は呆れて見てますよ。

実はズンバで知った。ズンバというのは、基本はエアロビクスダンスに、サンバやマンボやルンバをごたまぜにして、ヒップホップもタンゴもハワイアンもベリーダンスもなんでも入れる。入ってないのは日本の盆踊りくらいなものなんだが、その中にツイストがあった。やってみたら楽しかった。そしてものすごくなつかしかった。六〇年代をがあああっと思い出してきたわけなんである。

読者のみなさんの中には、六〇年代に生まれてなかった人もたくさんいるだろう。六〇年代の記憶もってる人のほうが少ないかもしれない。年寄りの昔話と思って、という言い方を昔からたまにしてきたが、今のあたしが言うとシャレになんない。

ツイストというダンスが大流行したのは、六〇年代の初め。最初に言っとくと世良公則はまったく関係ない（これを書くために、どんな人だっけと調べ直して昔の動画を見たら、世良公則の動きが、ため息が出るほどかっこよかった。ぜんぜん知らなかったのは、流行ったころ、あたしは子育てや仕事に忙しくてそれどころじゃなかったからだ……なんてことはどうでもよい）。

六〇年代の初め、あたしは子どもだったし、親はまじめな労働者で、そんなものを子どもの前で踊るような暮らしはしてなかった。でも踊るおとなの姿をいつも見ていたと思う。

たぶんテレビだ。

四つか五つの頃、つまり五〇年代のごく終わりか六〇年代のごく初め、テレビが来た日をぼんやり覚えている。実はあたしより父が喜んで、その後テレビにかじりつき、父といえばテレビでテレビといえば父だったというのも思い出した。まったく父は、死ぬまでテレビばっかり見ていた。

あたしだってたまには子ども番組を見せてもらったから、チロリン村とかブーフーウーとか覚えているけど、見たもの、好きだったはずのものを思い出そうとしても、今の老眼の目でものを見るように、くるみもピーナツも、顔も声も、何もかもぼうっとして、ひとつひとつを思い出せない。

あ、でも、スマイリー小原という、にこにこして、スーツを着た、歌謡曲の指揮者の顔なら思い出す。容姿がとってもスマートで、踊る姿は滑るようだった。思うに、彼が歌番組で指揮しているその周囲で、ザ・ピーナッツや植木等やハナ肇が踊っていたのがツイストだったのかもしれない。

今は昔。

話にオチがありませんが。たんにやってごらんなさいという話だ。

ツイスト、踊り方知らないという人には、四つの段階にわけて説明しよう。

まず、腕を胸のあたりまで持ちあげる。手を上げるんじゃなくて、胸の前に大きなボールを受け止める感じか。手はかるくにぎる。そして腰を左右に動かしてみる。

次に、腰を少し落として、膝を少し曲げて、膝と腰をいっしょに動かしてみる。これでほとんどツイストになる。

次に、腰をさらに落として、体重を膝にかけ、その膝を左右に動かしながら、かかとに重心をかける、離すをくり返して、からだ全体を横に移動させてみる。

次に、全体のツイストの動きはそのままで、かかとを意識して、かかとを左右にツイストしてみる。これをやるととても上級。ここまでやるとけっこう運動量が激しくて、あたしはたちまち息が切れる。

これが正統的六〇年代のツイストなんだが、今は六〇年代じゃないし、あたしらは若くない。なんでもいいのである。息が切れたら立ち止まり、リズムにのりながら、腰だけ、腰だけでいいから、まわしてごらんなさい。ケーゲル体操という動きがある。肛門を締め、膣を締める。腰をまわしながら、それを意識して、何度もくり返してごらんなさい。

腰のあたりをまわしてここらの筋肉をきたえるのも、膣を締めるのも、あたしらが七十歳、八十歳と、おおきくなったらかならず役立つ。転倒が防げる。尿もれが防げる。

音楽は、元祖ツイストのChubby Checkerとか。YouTubeにいくらでもある。六〇年代の人の動きはまねしやすい。いや、むずかしいのはかわりがないけど。

……とか言いながら、夜な夜な女がひとり、鏡にむかってツイストを踊る。の図でありました。

あんこもやめられません

実は糖尿病だ。

ずっと血糖値高めで、検査するたびに医者に注意されていたのだ。もう数年間、そんな状態だった。ところがついに先日、ヘモグロビンなんとか値が六・五になって、正真正銘の糖尿病になった。夫の死ぬ直前で、忙しくてたまらなかったから、気にせずにうっちゃっておいたのだが、今頃になって怖ろしさがひしひしと身に沁みてきた。

アメリカの医療はかかりつけ医制度だ。湿疹も膝の痛みもこじれた風邪も、婦人科の問題以外は、とりあえずかかりつけ医に診てもらう。診てもらわねばならない。婦人科は、そっちに直接行ける。

あ、日本の名前だと思ってかかりつけ医に選んだ医者は、会ってみたら日系じゃなく、日系人と結婚して日系の名前を名乗っている若いヨーロッパ系の女だった。明るくて話しやすい人で、楽しく通っている。

ここ数年は、糖尿病の一歩手前と言われ、半年に一度の検査を課せられ、見守られてきた。そうしてついに一線を越えて、糖尿病に認定された。

医者はあたしの数値を見て言うのだ。「糖尿病とはいえ、まだこの数値なら、薬を飲む必要はない。そのかわり、食事には気をつけること。よく運動すること。白米は食べないこと。白いパンも食べないこと。玄米や全粒粉のパンや雑穀なら食べていい」と。ズンバやってますと言ったら、会うたびに「ズンバ行ってますね」と念を押される。

仕事中のチョコレートがやめられませんと言ったら、「ダークチョコならOKです」と言われた。

仕事中のあんこやようかんもやめられませんと言ったら、「少しならOK」と言われた。でもそれは、彼女があんこやようかんの実体を知らなかっただけかもしれない。「酒はほどほどに」とも言われたが、もともとほどほどしか飲まないから問題ない。

こないだの検査では「コレステロール値も高いから、乳製品と肉と卵もほどほどに」と言われた。すなおに聞いていたら、いつのまにかとんでもないところまで来ちゃって、食べるものが見当たらなくなってきた。

卵もやめられません、尋常じゃない卵好きなんですと言ったら、「一日に六つ七つ食べるような生活でなければ大丈夫」と言われた。実は前はそのくらいぺろりと食べていたのだ。今はさすがに少し控えている。

あたしは鰻が大好きだけど、コレステロールがけっこう高い上に、ごはんはかならず白米だ。この医者が鰻重を知らないのは幸いだった。いくら丼やたらこのおむすびも、彼女はたぶん知らない。あたしは明太子も好きだが、実はただのたらこがそれよりも好きで、しかもさっと焼いたやつがむちゃくちゃ好き、母がよく作って、お弁当にも入っていた。……なんてこともぜったい知らない。

この医者がよく知っているのはあたしの家族の病歴だ。最初にくわしく書かされた。母が糖尿病（手足が麻痺して寝たきりになった）。叔母も糖尿病（透析しながら生きている）。もうひとりの叔母も糖尿病（この叔母も透析をやっている）。仲のいい従弟も子どものときから糖尿病。

「何かやっても、やらなくても、いずれ出てくる問題でしょう」と医者に言われた。「食事療法と適度な運動で、今くらいの数値におさえておければ、このままの健康を保って生きていくことができます」と。

最初はほんとに危機感がなかったのだ。でも、知れば知るほど怖くなる。母や叔母たちの生きざまと死にざまとその原因。叔母たちはまだ生きてるから、今現在の不自由さとその原因。それがクッキリ見えてくる。

今食べる白米や砂糖が、あたし自身が将来に持つだろう、母や叔母たちにそっくりな不自由さの原因をちゃくちゃくと作っているのかと思うと、断たねばと思うのだ。

糖尿系の母方は、みんな背が高くて大柄だった。母とひとりの叔母は太っていたが、もうひとりの叔母はそうでもなかった。

父方は、みんながっしりして背が低く、顔が四角くて快活だった。

母が入院して独居を始めた父は、いつも手元にチョコレートの箱を置いて、ひっきりなしに食べていた。それで太りもせず、糖尿病にもならずに生きて死んだ。そしてあたしもまた、父が死んだ後、父とまったく同じようにチョコレートの箱を手元に置いて、ひっきりなしに食べていた時期があった。糖分とカカオ分で仕事中の頭をはっきりさせるのだと思っていたが、今から考えれば、父への思いが、あるいはDNAが、あたしを動かしていたんじゃないか。それがつまり父への供養というやつだったんじゃないか。

あたしの体型は父に似ている。性格も父に似ている。顔だちも父に似ている。そう思い込んで油断していた。母の体質も、確実にまじっていたのだ。

糖尿病という持病を持ってちゃくちゃくと老いていく。母や叔母たちと同じように老いていく。なんだかDNAの罠に捕まってしまったようだ。イエとかハカとか（なに、今更取り込まれようた思わないが）、母や祖母や叔母たちの流した経血とかに首ねっこをつかまれて、何か諭されている感じがする。

ヤキが回ったなと思うし、年貢のおさめどきかとも思う。でもこういう流れで生きていくのも、けっしていやじゃない。

過去の清算

この夏は早稲田大学で、集中講義というのをやった。「ジェンダーと文学」を講義したと言えば聞こえはいいが、破れかぶれの行きあたりばったりの授業だった。あたしゃ生きざまがジェンダー学っぽいだけで、それについて考えたことも人様に教えたこともない、学校で教えるのだって初めてだ、と言いかけて、いや違う。初めてじゃないのである。

実は、教員免許を持っている。中学と高校の国語科教員の資格。若い頃は、数年間、それで糊口を凌いでいた。

年寄りの昔ばなしは長くなりますよ。

大学卒業した直後、あたしはすべての教員採用試験に落ちたが、埼玉県の臨採にだけかろうじてひっかかり、浦和の某中学校に勤めた。担任も持った。でもあたしはその頃、詩人としてデビューしたばかりで、詩を書くのに忙しかったし、初めての恋人もいたりして（不倫だった）、悩みに悩み抜いていたので、心ここにあらずという感じで一年間。

親には、次の年の教員採用試験を受けろと言われ、自分もそのつもりだったが、試験の前日に詩人の集まりに出て飲めない酒を飲んで酔っぱらい、ひどい状態で深夜家に帰ったら、父に、それまでになかったくらい叱り飛ばされた。手もあげられた。母が止めに入ったほどだ。翌日は二日酔いで試験会場に行かれなかった。ほんとは試験を受けたくなかったのかもしれない。今になってみるとそう思える。つまりそれは親の希望で、自分の希望じゃなかったんじゃないか、と。

いやしかし、今もしうちの娘どもが同じようなことをしたなら、あたしの心痛はとんでもないはず。あんたが心の奥底で何を考えようが知ったこっちゃないわよとわめき立てているはず。よくまあ親をあそこまで失望させた困らせたとしみじみ思う。

今から十年くらい前、次女のサラ子が危機だったとき、何がなんだかわかんなくなってるみたいと老い果てた父に話したら、「あんたもあのくらいの頃は、何がなんだかわかんなかったよ」と言われて心に沁みた……。

何がなんだかわからない時期は、何年か続いた。臨採は一年契約なので、校長先生が次の学校に紹介してあげようと言ってくれたが、断った。そしてそれから路頭に迷った。雑誌の編集をしたり（編集の仕事は向いていなくて社長にクビになった）、塾で教えたり。塾講師のくちは、路頭に迷ってるのをみかねた高校時代の恩師が世話してくれた。教員時代に一人暮らしを始めていたが、食べられなくなって親の元に舞い戻った。どん底だった。

不倫は泥沼化していた。中絶もした。不倫の相手と別れて、衝動的に結婚した。うまくいくわけもなくてすぐ離婚した。たった数ヵ月の関わりでも離婚は苦しかった。また中絶した……。金はいつもなかった。離婚した後も一人で暮らそうとしたが、食べられなくなって親の元に舞い戻った。太ったり、やせたりした。タバコも吸った。マリファナも吸った。泥酔した。親友枝元と知り合ったのはこの頃だ。朗読もした。詩集も出した。注文は来るから、書き続けた。でも今みたいに、アレを書きたいという欲もコレは書かなくちゃという必然性もなかった。今のあたしがあの頃のあたしを見たら、なんてやる気のない、根性もない若い女だろうと思うに違いない。ただ生き延びようとあがいていた。ただ書き続けた。一寸先は闇だった。……ねえ？　みなさんだってそうだったでしょう。

なんていうことを考えていたときだ。パスポートの更新で戸籍謄本が要ることになり、日本から取り寄せた。

あたしの本籍は板橋区何町何番地。祖母と祖父が住んでいた所で、父も母もあたしも、そこが本籍地。Nさん（カノコとサラ子の父親）と離婚したとき、親の籍に戻らずに、同じ所番地に、自分を筆頭にして新戸籍をつくった。ここなら、この先どこにどう流浪していっても、所番地を忘れる気遣いはないと考えたからだ。

ところがだ。今見るその戸籍謄本には、そもそも戸籍謄本なんて名前ではなくなっていて全部事項証明というへんてこな名前になっているのだが、そこには新戸籍をつくった以前のことが何にも載ってない。あの最初の結婚も離婚も、Nさんとの結婚と離婚も、謄本に載ってない。Nさんについては、二階に住んでるサラ子を見れば、たしかな事実だということは知れる。それに謄本の冒頭に、どこそこから転籍と書いてあり、そのどこそこはNさんが筆頭者だった戸籍の所番地だ。でも、最初の結婚のことは影も形もない。

これはもしや、あたしが結婚したつもりになってただけで、結婚の手続きはしてなかったのかも。あるいは結婚したと思っていたその人、たしかフジワラさんといったが、ただの妄想だったのかも。内輪な結婚式をやったが、父がその最中に緊張性の下痢をしちゃってたいへんだったとか、相手の生家が北海道で、訪ねたときにおばあちゃんにすごくよくしてもらったとか、ほんの一ヵ月で相手が家に帰ってこなくなって苦しみもだえたとか、苦しみを紛らそうと酒飲んで吐いたとか、そういうことは覚えているような気がするけど、実はただの悪夢だったのかも。夫だった人の名前は覚えているんだけど、後の記憶は、顔も、声も、存在も、霧がかかっている。

そういえばNさんと結婚したときも、Nさんは初婚であたしは再婚で、なんてことを気にしたことは一度もなかったから、やっぱり錯覚だったのか、ただ無頓着だったのか……。この話、続きます。

戸籍の不思議

前回は早稲田での集中講義の体験について話そうとして、つい昔ばなしが長くなった。戸籍謄本を見たら、複数回やったはずの離婚が載ってなかったので不安になったというところまで話した。それで先日、東京に行ったついでに、板橋区役所まで足を延ばして、受付の案内の人に、「あのー、昔、若いときに結婚して離婚したと思うんですが、いやーすっかり忘れちゃいまして、それをはっきり知るにはどうしたらいいんでしょうか」とまぬけな質問をしたら、案内の人が声をひそめて、お父さんが筆頭者の「改製原戸籍」というのを取ればいい、それはこれこれこういうもので、ああしてこうしてと親切に教えてくれた。

実は、あたしは少し耳が悪い。そのうち、補聴器を買わなくちゃと思っているほどだ。で、声をひそめられると、ただ人がしゃべってますくらいしかわからない。だからせっかく小声で教えてくれてる人に、「大声でいいですよ、人に聞かれてもぜんぜんかまいませんから」と言って、大声で教えてもらった。昔、まだ月経があった頃、コンビニでナプキンを買ったとき、わざわざ紙袋に入れてくれようとするレジの若い男に「いいんですよ、そのままむき出しで、あたりまえのことなんですから」と言ったときのことを思い出した。

で、その「改製原戸籍」なるもの。見てみたら、やっぱりやってた、結婚と離婚。

昭和何年何月何日何々と婚姻届出同月何日どこどこ区長から送付同区どこそこ何番地に夫の氏の新戸籍編製につき除籍㊞

昭和何年何月何日夫フジワラ某と協議離婚届出同月何日どこどこ区長から送付同区どこそこ何番地から入籍㊞

昭和何年何月何日ニシ某と婚姻届出同月何日どこどこ市長から送付同市どこそこ何番地に夫の氏の新戸籍編製につき除籍㊞

最初の結婚、つらいばかりだった。心の奥底で、ああいう思い出がぜんぶ、ただの悪夢や思い違いならよかったのになと、ちらりと思っていたのだ。

改製原戸籍、実はこれも初めてではない。

母が死んだとき、銀行に口座が残っていたから手続きをしに行った。そしたら思いがけずたいへんで、今までのお母さんの戸籍謄本やなにやら一切合切出してくださいと言われ、二百万ほど入っていたから、ぜったいに欲しく、父は役に立たず、そもそも母の死にガックリきて役に立とうという気すら失っていて、「わたしは父の代理人です」という証明書類一切を出しつつも、あたし本人は非居住者なので、ＬＡの領事館まで行って各種証明をそろえねばならず、まあそんなこんなを、苦労してかきあつめて、やっとのことで銀行に提出したと思ってください。

そしたら、戸籍の一部が空白だった。そのときも板橋区役所まで取りに行ったのだが、戸籍課で、この期間の何とか区は空襲で焼かれてしまって記録が残ってないと言われ（母は東京下町の浅草で生まれて本所で育ったはずだった）、それも合わせて銀行に報告したところ、銀行の担当者から、それではその何とか区に行って「ない」という証明をもらってきてくれと言われ、あたしはついにブチ切れて、「上司呼んでください、納得できません」とごねたのであった（ごねたら、それでいいと言われた）。

しかもそのとき、二百万入っていた口座とは別に母の隠し口座がみつかり、父もその存在を知らず、通帳も見あたらず、銀行には、この口座も所定の手続きを踏まないと相続人に下げ渡せないと言われ、金額をきくと五百八十円。もう忘れましょうよと担当者にささやいてみたが、聞き入れてもらえずに、通帳なくしました、母は死にました、母は生きていました、母は母でしたという証明をぜんぶ提出して、五百八十円もらったときの空しさ馬鹿々々しさったらなかったのである。

それからあたしは父を説得して、定期にしてあった父のしょぼい預金を、すべて普通口座にうつしていいという許可を取りつけ、それからあたしもアクセスできるネットバンキングの手はずを調えてもいいという許可も取りつけた。

父の許可をいちいち取る。これは独居する老いた父と八年近くつきあった結果、あたしが学んだことだ。父によかれと、あたしが勝手に事を運んでは何事もうまくいかない。娘として父をリスペクトして、父が決めたかたちに調えてから事を運ぶと万事うまくいくのである。

とにかくそうやって、父が死んだらネットバンキングで一気にと思ったら、なぜかできなくて（理由は忘れた）、しかたがない、すでに預かっていたキャッシュカードで少しずつあたしの口座に、あたしは父が死んでだいぶめそめそ泣いていたのだが、涙をこぶしでこじり拭くようにして銀行に通い、お金を移した。それで、母のときに味わったような不条理、父の生きていたという証明、父が死んだという証明、父は父であったという証明、できなければ「ない」という証明をしろと迫られる、カフカの小説みたいな経験はしないで済んだ。でもやっぱり、家の片づけとか年金とか、面倒くさく煩わしかった。

人が一人（ないしは二人）生きた後の始末は、しょせん面倒くさく煩わしいのだと思い知り、そういうもんだと達観し、娘たちに、面倒くさいから覚悟しときなと伝えたのである。

おっと、早稲田の集中講義のことを話したかったがへんなところに。行きあたりばったり話していると、どうしてもこうなる。

二階のサラ子たちが数ヵ月前に飼い始めた子犬はパグで、鼻がつぶれて、離れた目はぎょろりとむき出して、舌は垂れずに上を向く。犬というよりシーサーだ。この手の犬は初めてだから、すごいなあ、よくこんなのも犬と呼ぶなあと思ったが、この頃は慣れて、かわいさがわかってきた。

来たての頃は飼い主が過保護で、ほとんど姿を見なかった。今はだいぶしっかりしてきて、人間でいったら小学一年生くらいか、毎日階下に遊びにくる。夜はサラ子に抱かれて、「おばあちゃん、また明日ね」などとかわりに挨拶されながら二階に上っていく。

ちょっと待て。

人間の孫にだって「おばあちゃん」と呼ばれたくないから「ばば」という、やや不自然な呼び名で通しているというのに、犬におばあちゃんよばわりされるとはっ。「犬のお祖母ちゃんになった覚えはないよ」とサラ子に言うと、「だって、おかあさんのおかあさんだから、おばあちゃん」と平然としている。とかナントカやってるうちに「ほら、おばあちゃんのところにおいで」などと自分でも言うようになっちゃったのである。

階下に住む犬たちはというと、ニコはうなり、クレイマーは必死で我慢している。フィンだけが楽しくてたまらない。子犬にからみつかれ、頬や耳をかしかし噛まれながら、くんづほぐれつしている。

フィンは、前にちょっと話したクレイマーの親友犬。毎朝いっしょに散歩して、そのまま いっしょにどっちかの家で過ごして、夕方やっと、それぞれの家に帰る。翌朝また公園で、会いたかったーと叫びながら、双方突進して、跳ね上がり、空中でぶつかる（人間でいったらハグだ）。フィンの来ない日は、公園の入り口で、クレイマーはフィンを待つ。来ないよと言っても、フィンの車が来る方角をみつめて動かない。フィンも同じことをするらしい。この二匹を引き離さなくてはならないかと思うと、心が痛む。

でも、それよりも何よりも、あたしの悩みはニコだ。今まで十二年間（あたしがカリフォルニアのうちにいるときはという条件つきながら）いっしょに暮らしたこのニコを、置いていかなくちゃいけないのかと、毎日考えている。置いてどこに行くのかって？

来年、あたしは日本に帰る。

三年間の期限つきで、早稲田大学で教える仕事が舞い込んできた。夏の集中講義がどんなに楽しかったか、あたしの教え方は適当で、教えるなんてもんじゃなかったけど、学生たちがよく吸収し、ものを考え、発言してくれた。こんな若者たちがいるなら、日本も捨てたもんじゃないと思った……てなことを語ろうとしていたのに、それどころではなくなってしまった。

一二〇頁を見てください。あたしの生活は夫がいなくなってからリアルがなくなって、「夫がいなくなったら、ネットのニュースで読んだことや散歩しながら考えたことがリアルなのかどうか、だれもあたしに証明してくれない」と打ち明けていた。一六三頁では、家のローンや税金がのしかかってきて、「もの書きの賃仕事で日銭を稼ぐフリーの詩人という境遇が、ああ、身に沁みる」とも嘆いていた。

早稲田の仕事を受ければ、あれもこれもが一挙に解決。でも、犬をどうする？

今は、あたしがいないときには、ニコはそのまま家にいる。クレイマーは訓練士に預かってもらう。三年間ずっと訓練士に預けるわけにもいかないから、サラ子に預かってもらうことを期待して、相談してみたら、娘たちに一斉に言われた。ニコは置いていけ、クレイマーは連れていけ、と。

「ニコなら、うちの犬だし、今までもやってきたし、パグといっしょに面倒見られるけど、クレイマーの世話する余裕はまったくないから」と実際の世話を受け持つサラ

子に言われ、

「おかあさんはいつもそうやってすぐ人に頼る。責任持ってよ。サラがかわいそうだよ。おかあさんが飼いたくて飼った犬でしょ」とカノコには叱られ、

「そうだよ、サラにいつも迷惑かけてる」と姉たちの尻馬に乗るトメにも言われた。

図星であった。そうやって、死んだ夫や前の夫に子どもたちを押しつけてきたあたしなので、ぐうの音も出なかった。

犬連れで東京に住むことも考えた。でもそうなると、大学の往復しかできなくなる。犬連れで熊本に住むことも考えた。熊本には自分の家がある。毎週の飛行機の行き来はたいへんだが、今やってる国際線の行き来に比べたら、たいしたことない。でも東京に行ってる間は犬をどうする？

悩み抜いていたら、熊本の、犬を飼ってる友人が、預かってあげようと申し出てくれた。それでクレイマーの身の振り方はいちおう目鼻がついたが、ニコは？

ニコはこの頃老いて（死んだ夫みたいに）不機嫌になった。しかも尻癖がわるくて、家のあちこちにおしっこをひっかけるのをやめない。不満があるとよけいにそうなる。とても他人の家に預けられる状態じゃない。

「待ってるか、ここで、三年間？」とニコに話しかけるが、返事がない。犬が返事をしないのくらいはわかっている。

でも今は、今だけは、ほんとうに返事をしてもらいたい。
「大丈夫だよ、行っておいでよ、待ってるから」と言ってもらいたい、ニコに。

究めの修験道

今、あたしは歩いている。むちゃくちゃ歩いている。

犬の散歩だ。昔から犬の散歩ならやっている。でもこの頃の散歩のこの歩き方は、犬の散歩というより、修験道《しゅげんどう》だ。

あたしの毎日行くキャニヨンは、うちからほんとにすぐ近くで、ふつうの住宅地の道路の突き当たりにある扉を開けると、そこに荒れ地がいちめんに広がっている。この辺のキャニヨンというのはただの谷間じゃなく、てっぺんの平たい台形の山に囲まれた谷間なんである。その上に立つのは爽快だ。キャニヨン全体が見渡せる。その平らなてっぺんを歩きながら、西を向けば海が見えて日が沈む。東を向けば遠くの山の端から月が昇る。谷間に下ってまた上り、てっぺんを歩き、また下りてまた上るということを二、三回くり返すと、ほぼ一時間、ほぼ四キロの道のりである。犬を従えて、ただ黙々と歩き抜く。

こう歩くようになってから、歩き方についていろいろ考え、いろいろ改善した。上りはがに股で上るといい。下りもがに股で一歩一歩歩けば滑らない。この辺りは雨が降らないので、土が乾いて砂になりかけている。

足先だけで歩くと、足をひきずる。あたしは若い頃、足をひきずって歩くと言っていつも母に叱られていたっけが、叱られても叱られても直さなかったのは母への意地もあったのだが、今やっとそれを直す。足をひきずって歩くと、つまずきやすいのだ。とくに疲れたときは。でも疲れてる足はなかなか上に上がらない。そこで股関節を開いて足を動かせば、足が上がって前に進む。股関節を開くこの動きはズンバでもよくやる。そして股関節を開こうとすれば、どうしても下腹、つまり丹田に力がこもり、背筋が伸びる。背筋を伸ばして前を向いて、背中の筋肉もお尻の筋肉もぜんぶ使って、足を出す。

昔、あたしがカリフォルニアに移住してくる前のことだったが、たまたま外で、歩く父を見かけたことがある。どこへ行くのと呼び止めると、「ばあさんのお使いで電器屋に行くんだ」と言って歩いていった。そのとき、父が、なんだかいやに前のめりになって歩いていることに気がついた。

今歩いていて、ふと、あのときの父みたいに前屈みになってる自分に気がつく。背中が丸くなって、うつむいて。それで丹田に力をこめ、背筋を伸ばして、体勢を立て直す。

散歩のときのあたしの恰好は、日本製の日よけの帽子にジーンズにTシャツ（この辺はいつも暖かい、ないしは暑い）。足元はスニーカー。そして両手が自由になるように、肩掛け式の犬のリードを装着している。弾丸ベルトを肩にかけたガンマンみたいと思いながら歩いている。巣鴨のとげ抜き地蔵の参道にも、こんな恰好の若くない女がたくさん歩いている。帽子かぶって、バックパック背負って、前屈みになって。

一年くらい前、別の場所で、大丈夫だろうと思って踏み出した崖からすべり落ちて、したたかに尾骶骨《びていこつ》を打った。数週間養生して、治った頃にまたやった。確実に運動能力が落ちているのだ。昔できたことがずいぶんできなくなっている。でもまたその反面、いまだにこうして能力を向上させることもできる。見よ、一ヵ月前は息が切れて数回立ち止まらなければ上れなかった所が、今は一気に上り切る。上れるからおもしろくなってさらに歩く。距離も長くなる。速度も速くなる。帰る頃には汗だくになる。サングラスは汗で曇って見えなくなる。ただ黙々と、ひたすら上りひたすら下る。なんだか犬の散歩というより、何かの修行じゃないかという気がしてきて、山岳信仰の修験道だと思ったわけだ。

　修験道、あたしにはやってるという覚悟があるが、ニコにはない。それで、早々に脱落した。連れていってたのだが、プーさんのイーヨーみたいに悲しそうに頭と尻尾を垂らしてとぼとぼと歩くので、抱き上げずにはいられなくなり、たった四・五キロでも、抱いてるうちにずんずん重たくなるので、ついに連れていくのをやめた。夕方の散歩の時間には、まず近所の公園を歩いてニコを満足させ、家に戻ってニコを置いて、クレイマーだけ連れてキャニヨンに行くようになった。

そうまでして行かなけりゃならないのかとみなさんは思うでしょう。

一ヵ月くらい前、そのキャニヨンで、コヨーテの呼び声《ハウル》を聞いた。遠吠えだ。あたしらが歩いているその向かいの山で、コヨーテがハウルを始めたのだった。苦節二十五年、カリフォルニアにやって来て、初めて聞いた声であった。姿は見えなかった。最初はどこかで犬が吠えていると思っていた。でも、やがて気がついた。コヨーテだ。犬にしては、甲高い、もの哀しい声だった。クレイマーが虚勢を張ってしきりに吠え立てたが、コヨーテは気にせず、あたしらがその山を下りて向かいの山すそをぐるりと歩く間、ずっとハウルしつづけていたのである。

その声が耳について離れない。だから一日も欠かさずそこに行く。もうすぐ日本に帰るというこのときになって、ずっと聞きたかったこの声を聞くとは。それ以来、もっと聞きたい、ああ聞きたいという思いに焦がれている。でもそれ以来、一度も聞かないのである。そしてその声を求めて歩きまわっているうちに、いつのまにか歩くことが快感になり、修験道に変化したわけだ。

なくす探す

あたしはつねにものを探している。つねにものを探しているということは、つまりつねにものをなくしているわけで、落としてなくし、置き忘れたり、置いた場所を忘れたり、いつもいつも、何かしらを、ない、ない、と探しまわって焦っているのだ。人はみんなこうかと思っていたが、そうでもないようだ。死んだ夫は、いっしょにいた二十五年くらいの間に二回くらいしか探してなかった。ちょっと見当たらなくても、所定の場所を探せばたいてい見つかったようだ。友人たちにも、あたしほどさわがしく探しまわる者はいない。

サラ子が、カギ、カギと探しまわっているのはよく見る。その上カノコはかなりよくいろんな物を、サイフや何かを落とす、なくす。DNAかもしれない。しかし母や父が、ない、ないと騒ぎ立てたという記憶はあんまりないから、ただの個性かもしれない。

なくすものは必要なものだ。だから探す。なくしたかもと気がついて探しはじめた時点で、あたしは頭の中で今までにあった同様のケースをめまぐるしく思い出し、最悪の結果をシミュレーションしている。

今まで見つかったこともあったが、見つからなかったこともあった。見つからないときに何をするかと言えば、まずカード会社に連絡して、カードをさしとめ、再発行する。免許センターに行き、運転免許を再発行する。メガネを臨時にそこらで買って、メガネ屋に行って作り直す。カギをどうにかして手に入れて合カギを作る。車のカギはまずJAFみたいのを呼んでなんとかしてもらって、それからカギを作る。

今までなくしていちばん困ったのはアメリカの永住ビザ。パスポート。こういうのは、なくすとそこにいられなくなる。あるいはどこにも行かれなくなる。そして再発行のための手続きが本当にわずらわしい。免許証やクレジットカードは、これに比べるとやや楽だ。なくす人が多いのかもしれない。

こないだ日本の銀行のキャッシュカードを日本でなくした。ところが再発行ができない。いや正確に言えば、再発行はできるが、日本の住所に住んでないから受け取れないのだ。だからしかたがない、それなしで生きている。不便だけど、もうなくさずにすむ（持ってないから）という利点もある。

東京にいるときには、あたしはいつも用があって時間がない。あと数分で出なきゃならぬ、そういうせっぱつまった状況で探しつつ、最悪の事態を想像し、微に入り細を穿ってその困難をシミュレーションするから、全身にぶわっと汗が噴き出る。アドレナリンというやつか。閉経が過ぎて以来、あたしはずっと暑がりのままだ。地球温暖化かと思っていたが、このなくす探すのせいであった。

今、あたしは東京で親友枝元なほみの家に逗留している。それで、メガネを探し、iPod を探し、Kindle を探し、サイフを数回探し、カギを探し、くつしたも探した。

メガネは羽田にあり（座席に置き忘れた）着払いで送ってもらい、Kindle は家の中にあり iPod はどこにもない。これはほんとになくしたかも。なくしたとしたら二つめだ。カギはあった。枝元んちのカギだから、ほんとにほっとした。サイフはまだ見つからない。

ずいぶん前、子どもたちが全員家にいて、夫も生きていた頃、あたしはサイフを探していた。そして買い物から帰ってきた経路をじゅんじゅんにたどってみて、ただいまーと言って入ってきて、荷物を置いて、買ってきたものをこうして冷蔵庫に入れてと言いながら、冷蔵庫を開けたら、そこにサイフがつめたーくなっていたということもあった。

くつしたを、ない、ないと探しまわっていると、枝元が、これをはいていきなよと一足くれた。ありがとと言いながら手に持って何か探してるうちに、またどこかに、そのくつしたを置き忘れた。

ああ、末期的だ。

その上、ものを探す過程で、どうしてもかばんの中はぐっちゃぐちゃになる。そして必要なものは平面に並べておかないと絶対に忘れるから、人の家なのに、机の上や床の上の平面に一つ一つ並べてある。文句も言わずに枝元はあたしを泊めてくれる。実は関連した苦悩がもう一つある。鍋を焦がす。やかんを焦がす。つまり火をつけてそのまま忘れる。枝元の家でやかんの火を消し忘れて、ひさしぶりに思い出した。

カリフォルニアの家では、あたしがやかんを三つダメにした時点で、まだぴんぴんしていた夫が、無言で電気ケトルを買ってきた。それ以来、やかんは無事だ。でも鍋はひきつづきいくつも焦がして、ダメにした。洗っても洗っても落ちないところまで、焦げ果てているのだった。その一つはル・クルーゼ。これは夫にも言えずに納戸に隠し、まだ隠してある。

どういうわけかよく焦がすのが、かぼちゃの煮物。それからシチュー類。煮汁の多さにふと気を許して、そばを離れて仕事に没頭してしまうんだと思う。かぼちゃで焦がせば、なんども洗ってこすってお湯を煮立ててまたこすって、修復はまあ可能だが、肉が焦げて真っ黒な線維になって鍋の底にひっついたやつは、目も当てられない。

なくす、忘れる、そして探す。このままいつも何かを、ない、ないと探しまわって、焦りでバクハツしそうになってる髪を（もっともっと白くなってそそけているだろう）振り立てながら、老いていく自分の姿がはっきり見える。

内向的な人々

十六の性格テストというのがある。もともとは英語のサイトだけど、日本語もある。娘のだれかがおもしろいよと言って送ってきた。十数分かけてたくさんの質問に答えていくので、あたるとかあたらないとかいうんではなく、かなり正確に、性格が見抜かれる。

たとえばあたしは、こんなふうに出た。内向的であるよりは外向的で、冷静に観察しながら動くよりは直感的に動く方で、論理的であるよりは感覚的で、現実を判断しながら生きるよりは未来を期待しながら生きる方で、周囲に流されるよりは頑として自分の道を進む、と。

まさしく、あたしなんである。

おもしろがって、不幸の手紙みたいに周囲の誰かれに回して、みんなにやらせた。そしたらなんとあたしの家族が、どいつもこいつも（とののしりたくなるくらい）内向的だということがわかった。

たとえば「外向性・内向性」のところ。

あたしは外向性が85パーセントで内向性が15パーセントなのに、カノコは……ええい、めんどくさいから、連中の内向性だけ数字で示す。

カノコ。内向性が85パーセントで、あたしと真反対。

サラ子。内向性が95パーセント。まあ期待通り。

トメ。内向性76パーセント、ややましだ。

カノコの夫。なんと内向性100パーセント。

サラ子のパートナー。内向性70パーセントで、かなりマイルド。

内向度の高さに、ガクゼンとした。

さて先日、カノコの長女のお誕生会があり、家族一同、手伝いをかねて集合したのである。パグはまだいなかった。クレイマーは親友犬フィン宅に預け、ニコだけ連れて行った。

子ども何人かのジョイント・パーティーだった。何十人もお客が来た。孫のUが通っている日系幼稚園のお友達ばかりだから、親たちも日本語しゃべれる人が多くて、あたしにとってはとても気楽。小さい中庭で楽しく騒がしく、幼児たちのビニールプール・パーティーと流しそうめんパーティーをやったと思ってください（夏のことだった）。

そしたら途中で、パーティー主役のUが（すごく楽しみにしていたのに）主役のストレスに負けて、泣き出して退場だ。この子は幼すぎてテストできなかったが、やっていればぜったい80パーセントや90パーセントの内向性が出たはず。その父が例の100パーセントを叩き出した男なので、いっしょに家の中に入ってそれっきり出てこない。次女のサラ子は彼に次いで高得点の内向度だが、この頃、職場やパートナーのおかげで経験値があがり、外づらがいい。愛想よく料理を手伝い、お客としゃべり、ああ、おとなになってくれたわあと母は感激していたのに、いつのまにか消えた。サラ子のパートナーは家族内では外向的な方なんだが、95パーセントのサラ子とラブラブで暮らしているだけに、躊躇なくいっしょに消えた。

末っ子のトメは、見た目は（ハーフということさえのぞけば）身長も体型も髪型も性格もあたしに瓜二つと思っていたトメ、姉たちよりは外向的なはずのトメも、いつのまにかいなくなり、外で、カノコ家代表としてお客としゃべっているのは、あたしだけになってしまった。

いやまだニコがいた。ニコだけが名前通りニコニコと屈託なく、誰にでも愛敬をふりまき、アラかわいい、アラお耳が大きいとか言われながら、飲み物をついだり、食べ物を取り分けたり……するわけあるかい。

うちの家族はどこに行ったと探すと、全員、家の中で、ソファに座って、Uといっしょに心鎮《しず》めのビデオを見ていたのである。

さて先日、あたしの日本行きが迫っていた。いつものようにクレイマーを訓練士の家に預けてと思っていたら、訓練士から、引っ越しするから預かれなくなったと言われて絶体絶命。サラ子もそのパートナーも帰りが遅くて、ごはんはやれても、大型犬の散歩は無理だ。親友フィンの家も短期ならともかく長期は無理だ。行きつけの獣医のいる動物病院にはペットホテルがあるが、病院に行くだけでがたがた震えの止まらないクレイマーなので、話にならない。家に来てくれるペットケアの人、自宅に預かってくれる人、いろいろさぐるうちに犬のディケアセンターを知った。人間の保育園みたいに、朝行ってごはん食べてお昼寝して夕方帰るというシステムだ。

クレイマーを連れて見学に行ってみた。大きなドッグランみたいな感じのところだった。若いスタッフが熱心に運営していて、感じよかった。トライしてみましょうということで、クレイマーはスタッフに連れられて中に入り、あたしは事務所でいろんな説明を受けていたところ、十分もしないうちに、クレイマーがしょんぼりとして連れてこられ、あたしを見てヒシとしがみついてき、スタッフに「この子は内向的すぎて、ここでは自分の場所を見つけられない」と言われた。つまり断られたのであった。

内向的……。家族がそればかりだから、もう慣れっこになってたけど、なんですか、クレイマーよ、おまえもか。死んだ夫も別れた前夫も、父も母も、前の犬のタケさえも、あのテストをやらせたらものすごく内向度が高いと思う。

考えてみればあたしの半生、内向的な人々の内向性にふり回されてきたような半生だった。もうタクサンだっと、内向的な人や内向的な犬でいっぱいのちゃぶ台を、ひっくり返したくなったのである。

犬の輸入

日本行きはまだまだだが、ぼんやりしてると間に合わなくなるものもある。

最たるものが犬の輸入だ。

「輸入」と、クレイマーを日本に連れて行くことを、日本から見たお役所用語で言う。父が死んだ後、父の犬ルイを、日本からアメリカに「輸出」したので、あらましの手順はわかっている。

ルイは巨大なパピヨンで、父の八年にわたる独居は、まさにこの犬に支えられていた。甘やかされたしつけの悪い犬で、自分が家の中でいちばんエラいと思って、叱ると歯向ってくるわ、父の食事中には自分も食べたがって吠え立てるわ、家庭犬としては最低なやつだったが、それでも父のそばにひたとつき従い、温もりを父に感じさせてくれた。その点は、どんなに感謝をしても、しても、し足りるということがない。

食べさせすぎと運動不足が祟《たた》って肥満になり、週に数回てんかん発作を起こし、心臓も膵臓《すいぞう》も悪くて、父より先にルイが死んじゃったら、いったいどうなっちゃうんだろうと、あたしはときどき考えたものだ。

さいわい父が先に死んで、ルイはカリフォルニアに来た。一日二回普通の犬みたいに散歩し、普通の犬の食べるものを食べ、肥満もなくなり、てんかん発作も減り、父がいなけりゃあのうるさい食事中のむだ吠えも一切せず、穏やかに二年生きて死んだ。

父の家でずっと父の後をついて歩いて、父の顔を見上げていたのだが、ここの家に来ても、あたしやサラ子の後をついて歩き、いつも顔を見上げるので、「もう仕事は終わったんだから、ゆっくりしていいんだから」とサラ子に言われていた。

ルイの経験があるといっても、輸出より輸入の方がむずかしい。狂犬病のある国（たとえばアメリカ）から狂犬病のない日本へ犬が入ってくることについて、ほんとに厳密に取り締まられているのだった。

昔は、犬は検疫所で何十日も係留されていたという話だ。何年か前（少なくとも十二年前よりは前……後で話す）に規則が変わって、あらかじめ面倒くさい準備をすれば、人間と同じ日に入ってこられるようになった。

どんなに面倒かといえば、犬にマイクロチップを埋め込み、狂犬病の注射を二回して、血清を採取して、それを検疫所指定の場所に送って狂犬病の抗体のあるなしを調べ、それがＯＫならば、血清を採取した日を起点に百八十日間待機して、入国の四十日前までに日本の検疫所に届出の書類を送り、出国直前に獣医の診察を受け、ＯＫが出たらやっと飛行機に乗って日本に来る。という面倒くささ。

十二年前、いや十三年前かも、夫がまだピンピンしていた頃、あたしは夫と大ゲンカをし（いつもしていたのだが、そのときはとくに熾烈だった）、真剣に敵前逃亡を企て、そうなったら犬はどうすると考えてリサーチした。当時はタケという犬を飼っていた。

今回、日本行きが持ちあがったとき、行くなら犬も連れていけと娘たちに言われて、ヨシそうしようと決断できたのは、そのリサーチ結果があったからだ。つまり、犬の輸入はたいへん面倒くさいが、できないことではないということを知っていた。

その十二年前か十三年前、いや十四年前かも、あたしは真剣に考えていた。

もうこんなところで鬱屈して住んでいられない。自分なのに自分のように生きられない。家を出て、近所のアパートを借りる。上の二人はもう家を出ていたから、心配なのはトメだけだった。トメを置いていけない。トメを置いていけない。トメを置いていけない。あたしは必死に考えた。しかも夫が親権を主張するだろうから、あの夫であるから、手段を選ばず、攻撃度もMAXで、たいへんごたごたするに違いない。

ならばいっそ、学校の前でトメをひっさらって日本に帰っちゃおうかとも考えた。

二〇一四年に日本はハーグ条約を批准した。離婚した後、このように子どもを拉致《らち》って自分の国に連れて帰ってはいけないという国際条約だ。あのときあたしが家を出ていて、そしてこの条約があったとしたら、あたしはどうやって生きていくんだろう。

日本語を書くこと以外、手に職はない。英語だっておぼつかない。ゲットできる仕事といったら、最低賃金の仕事ばかりだ。生活はかつかつ、人とのつきあいも限られる。傷も癒えない。そんなところで、子どもと会うことだけを考えて暮らしていくのかと考えた。

まあとにかく、考えただけで実行しないで済んだ。あのときの計画を、やっと今、実行にうつす。輸出より数倍むずかしい輸入、しかも、あの図太いルイなんかと比べものにならないくらい、内向的で繊細なクレイマー。こないだ獣医に血清採取に連れていったときも、ぶるぶる震えて大騒ぎであった。そして今あたしたちは百八十日間の待機中。

日本に帰って暮らすのは大仕事だ。本も着る物も持っていく。コンピュータも新しく買わなきゃいけない。車は、健康保険は、住民票は、マイナンバーはと考えることはいっぱいあるのに、そもそも自分が日本の文化になじめるかどうかもわからないのに、あたしの頭を占めているのは、どうやってクレイマーをこわがらせずに日本に送りこみ、穏やかに、ゆっくり、日本に適応させてやるかということなのだった。

毛抜き

毛というものがありましょう。あちこちに生えているアレですよ。

それがこの頃生えないのだ。腋の下とか足のすねとか。以前は生えた。もしゃもしゃと生えたから、抜いたり剃ったりして取り除いた。それが、この頃、生えないのだ。なんとなく気がついてはいた。昔は机の上や洗面所に、毛抜きやかみそりがあった。女用の、ピンクとかそういう色のかみそりだ。それが今は、使おうとするときに、あれ、どこに置いたかなと一瞬探す。

すね毛は、あたしはそんなに目立たなかったし、ずっとジーンズだったから剃ってなかった。ところが二十年くらい前、夫といっしょに通っていた筋トレのトレーナーに「どうして剃らないの」と聞かれた。その質問にはぜんぜん悪気がなく、聞かれていやな気持ちもしなかったが、そのとき、そうか剃るものなのかと気がつき、そのトレーナーは男だけれど剃っているのにも気がついた。それからなんとなく剃り始めた。

でも腋毛は違う。中学の頃、あたしは体臭が強いこと、人にはクサイと思われること、それから腋毛が生えてるとニオイが強くなることに気づいた。それで必死で剃った。剃るとかえって濃くなると友人たち（同じように必死で剃ってたんだと思う）から聞いて、今度は抜いた。脱毛クリームではぎ取った。

高校時代も半ばを過ぎた頃、思春期度がいや増し、受験のストレスにやられるようになり、生理的にも成熟してきて、親や社会の押しつけてくる生き方と自分の現実のギャップにとまどい、「女とは」ということに（無意識に）悩むようになり、とうとう腋毛だけじゃなく、あらゆるところの毛を抜き始めたのだった。眉毛も、額の生え際も、陰毛も、何もかも抜いた。腋毛なんて、生えてない毛まで、毛抜きの先でほじくって抜いた。

言うまでもなく、自傷行為の一種で、その結果しばしば禿げてたり眉毛がなかったりした。でも不思議と本人は気にしてなかったし、抜くのをやめようとも思わなかった。少し後になってあたしは詩を書き始め、毛のことばかり書いて、伊藤毛呂美と呼ばれたものだ。あのむずかしい時期を、毛を抜くという行為がやたらと豊かにしてくれた。

それから人生の山やら谷やら、家族やら老いやらホルモンやら、あたしもだいぶ変化して、いつのまにか腋毛以外は抜かなくなった。その腋毛も、もう抜かない。

抜かなくなったのは、老眼がすすんでよく見えなくなったせい、ないしは腋の下をのぞき込むという姿勢を取るのが苦しくなったせい。ちょっと前に五十肩というか六十肩をやり、肩をあげられなくなった。腋毛剃りなんてとんでもなかった。ズンバも、それまではタンクトップだったが、それ以降は腋毛の見えない半袖Tシャツを着るようになった。そしてそのままずっと気にしてなかった。

ところがこないだ、感謝祭で、長女のカノコと末っ子トメが帰ってきた。次女のサラ子は二階に住んでるから二階の洗面所を使うけど、カノコとトメが階下に寝起きして、あたしの使う洗面所で、そうぞうしく顔を洗い、手をあげ、肩をあげ、そのとき、腋毛がもさもさと生えているのを見た。

最近のフェミニストたちって、ほんと、腋毛を剃らない。この二人もそうだ。あたしは隔世の感を禁じ得なかった。だってあたしの若い頃は、黒木香というAV女優が腋毛を生やしてるというので有名になってた時代なのだ。でもそれよりも何よりも、あたしは、若い女にはこうやって腋毛が、獰猛《どうもう》なくらい生えるのかということに驚き、生えなくなった自分に驚いたのだった。

話はこれだけじゃ終わらない。

実は、あたしのあごに、太い黒い毛がときどき生える。そんなものはこれまで生えなかった。気づいたら即座に抜く。ごきぶりと同じ扱いだ。すぐ抜くから、そのまま伸ばしたらどれだけ伸びるかはわからない。

あごだけじゃない。眉毛もそうだ。この頃なんと、婆くさいというよりは爺くさい長い太い毛がすうっと生えてくる。眉毛の手入れは昔からろくにしない。はみ出したのを刈り込むくらいだが、この頃は老眼で、めがねをかけないと眉毛が見えず、めがねをかけると眉毛は見えるが、めがねがじゃまして何もできない。その長い毛を見つけると、これまた、ごきぶり発見！　みたいになるのだが、見えずつかめずさんざん苦労してやっと抜きとる。その毛を見れば、五センチ、はさすがにないわね、大げさなことを言うんじゃない、二センチもあるりっぱな毛だ。おまえの女性ホルモンの枯渇もここまで来たと、毛があたしに迫るのである。

長い眉毛も、あごの毛も、寝たきりで横たわっていた母の顔にあったものだ。手も足も動かせなかった母は、自分では生えてることなんか知らず、あたしが見つけて、生えてるよと言うと、「あらいやだ、抜いてちょうだい」と言うときもあれば、「もういいよ、抜かなくて、おばあさんなんだから」と言うときもあった。ひっぱってもうまく抜けなくて、痛い痛いといやがられたこともあった。寝たきりの老人を苦しめるんじゃないと思いながら、母の顔に生えてるそれが気になって、つい、抜いたものだ。あれが、あたしの顔のまったく同じところに、同じように生えてきている。

それを抜き取るとき、昔から変わらず感じる、生理的な快感がある。抜いた後は、昔はなかった生理的な寂寥《せきりょう》感がしんと身に沁みてある。

名残惜しい

人が死ぬのはしかたがないと思っている。

親が一人死に、また一人死んで、死に絶えた。犬が死んで、もう一匹死んだ。友人も二人死んだ。伯母も死んだ。子どものとき、かわいがってもらった伯母だった。こないだは叔母も死んだ。母の姉妹の中でいちばん母に似ていた叔母だ。イトコから写真が送られてきたときはぎょっとした。母が二度死んだような気がした。

親しい友人夫婦がいる。ベルリンに住んでいる。妻は六十代後半で夫は七十代半ば。一九八〇年代から知っている。仕事でまず妻の方と出会い、そのあと夫も知り、数年にいっぺんずつ会ううちに、親しくなった。今は、遠くに住んでたまに会う義理の姉夫婦みたいな親しみを感じている。ある程度の礼儀は保ち、でも親しみをこめてやりとりできる、なんでも話せる、そういう相手だ。

その夫が、この頃がんなのだ。それであたしは一昨年の秋、ストックホルムに行く途中、途中下車して二人に会いにいった、てなことを前に書いた。

春になって東京で会った。夫はずいぶんやせていたが、まだ前のように東京を歩いて、いっしょにおいしいものを食べることができた。「味がわからなくなった、おいしいと思えなくなった」としきりに言っていた。

この一月にはあたしがまたベルリンに行った。ベルリンは、ベルリンフィルとか鷗外記念館とか、行きたいところはあるし、会いたい他の友人もいる。でも主目的はこの二人。

去年の春から一年近く経って、夫はかなり弱っていた。ハグをするとやせ細ってるのがわかった。でもあたしのためにパジャマから着替えて、昔どおりダンディな着こなしで、明るい色のマフラーを巻いて迎えてくれた。

彼はまだ生きている。まだ生きる。それを見届ける。でも、彼のことを考えるだけで、なつかしくてたまらなくなる。

彼はぐちをこぼさない。楽しそうに話をしてくれるし、好きな音楽を聴かせてくれる。その妻もぐちをこぼさない。にこにこと、いつもどおりにもてなしてくれる。

がんが見つかったばかりの頃、夫が「いっしょに老いていくんだと思っていたと言って妻が泣く」とメールに書いてきた。そのことばが頭から離れない。

今回は「最初に会ったとき、彼女は高校生だったんだよ」と夫が楽しそうに言った。うわあ、犯罪ですねえとからかうと、「犯罪じゃないよ、ぼくも若かった」と夫が切り返した。切なかった。

人が死ぬのはしかたがないと思っている。親しい友人がいなくなってしまうのもしかたない。でもこの妻が一人になるのかと思うとたまらない。昔はそんなこと考えなかったが、今は人生をいろいろと経験してきたので、ありありと想像できる。その上彼らの家を知ってるから、家の中のどこで妻が夫をしのんで泣くかなんていうことも想像できる。

それで、実はドイツ語なんてぜんぜん知らないし、ベルリンは外国でしかないのに、せっせと隣町にでも行くような気軽さで、あたしは会いに出かけていく。

熊本には老人たちがいる。帰るたびに会いに行く。作家であり詩人のIさんが九十で、評論家のWさんは八十七だ。Wさんはまだまだ元気だが、Iさんがだいぶ衰えて、病院と老人ホームを行ったり来たりしている。

会いに行くたびにIさんはやせて、骨格に皮膚がこびりついたみたいになって、口がくちばしみたいにとんがって、小さく、細く、浮き世離れした顔貌になっていく。

人が死ぬのはしかたがない。でも名残惜しくてたまらない。

この頃Wさんに文学のことをいろいろ教わってるんですよとIさんに言ったら「まあ」と言われ、「あなたはよくやっている」と褒められた。そして「わたしもあなたみたいな詩人になりたかった」と言われた。それがうれしかった。あたしの母が、死ぬ前に「あんたがいて楽しかった」と言ってくれた。母があたしにくれた中でも最高のことばと思っているけど、詩人としてどうのということは、ついぞ言われたことがない。それを思いがけなくIさんに言ってもらった。

それからもう何ヵ月も経ったから、Iさんはますます小さくやせて、ほとんどひからびて、ますます浮き世離れしている。

この連載を始めたのは夫がかなり弱っていた頃だ。そして死んだのは、みなさんも知ってるとおりだ。それから周りの人が何人も病気になって、危うくなったり、死んでここにいなくなったりした。更年期の五十代はあんなに楽しかったのに、六十代になると、人生から色が褪《あ》せたように感じた。老いていくのは、なんて寂しいんだろうと思った。なんて、なんて、寂しいんだろうと思った。

もう一人、がんが見つかった友人がいる。同い年で、やっぱりもう何十年と会ったりしゃべったりしてきた友人だ。がんのことを話しながら、友人が「死ぬのは、まあ、そういうものかと思うけど、ふだん感じる、夕日がきれいだとか、雲がすごいとか、犬がかわいいとかいうことを、人に話せなくなるのが悲しい」とふと言った。そのときはただ無言でそれを聞いた。意味がよくわからなかったのだ。その友人のがんは、ごく初期のステージでうまく切除できた。たぶんまだ死なない。でもあのとき聞いたことばが、なんだかあたしの頭にこびりついていて、日が経つにつれて、どんどん強く響いてくる。

人生相談の回答

実は、人生相談の回答者をやっている。二十年ほど前に『西日本新聞』で始めた。二〇一七年からは、同じものが『東京新聞』にも掲載中だ。アメリカ西海岸の日本語情報誌『Lighthouse』でもやっている。すっかりベテランだ。ここではみなさんに話を聞いてもらってるあたしだが（えっ、そういう場だったの、と驚いている読者の顔が目に浮かぶが）、よそでは人の悩みに答えている。

長くやってるうちに、どんどん深刻な相談が来るようになった。毎回身を削る思いで、真剣に、それに答えている。

新聞の人生相談は対面のカウンセリングとは違う。そこには不特定多数の読者もいて、読み物として読者を楽しませなくちゃならない。楽しませつつ、かれらに、この問題は自分の問題でもあるんだと思わせて、共感してもらわなくちゃならない。

やり始めてしばらくして、あることに気がついた。相談できる人が身近にいれば、新聞に相談なんかしてこないということ。いっぱいいっぱいで追いつめられてるのかもしれないのだ。よその大新聞の人生相談欄でよくあるように茶化した回答や叱りつけるような回答をしたら、いっぱいいっぱいの糸がプツンと切れるかもしれない。絶望のどん底に落ちていって自殺するかもしれない。

だからあたしは、ぜったいに相談してきた人を非難しない。その人の姉か叔母のつもりで、そばに座って話を聞いてるように、その人に寄りそいながら回答を書く。

そうやって二十年生きてきたから、もう人生の達人だ。たぶんそうだ。そんな気がする。人生は、いくつかの基本をおさえたら、後はその応用でＯＫなんじゃないかって気さえするのだ。

基本その一が「あたしはあたし」。

「あたしはあたし」ができれば「人は人」がわかる。「人は人」ができれば恋愛もできる、ご近所さんとも姻戚とも職場の人ともつきあえる。「あたしはあたし」を別のことばでいえば、「自分らしく」になるわけだ。

たとえばＤＶとかがんばり過ぎとか、「自分らしく」生きられない状態がずっとつづくことになるからつらい。なんとかそこから逃げ出さないといけないということになる。

これがあたしの体得した人生のコツで、至極まっとうで常識的な考え方だと思ってきた。だからあちこちで言ってきたし、応用もしてきたわけだが、先日、三十代の女に言ったら「何が『自分らしい』のかがわからない」と言われた。三十代向けの某誌のインタビューの場で、そこのライターだった。ええっっそんなこともわからないのかと心の中でひっくり返ったが、実は、わからないと戸惑う三十代の哀しさも、わからぬではなかった。

今の日本の社会は、みんな見えない制服を着て、見えない枠の中に自分から閉じこもり、人と同じことをやることにきゅうきゅうとしているように見える。いや、昔だってそうだった。あたしもそこでもがいていた。生きにくかった。でも幸いというかなんというか、あたしの仕事は自分を見つめる仕事だから、わりと早めに自分らしさをつかみ取って開き直れた。恋愛や夫婦の危機に直面するたびにまた混乱したが、ひきずり、ひっ抱え、ひっ背負ったりして、歩きとおしてきた。

みんなホルモンのせいでしたと、今は言い切りたい。みなさんも薄ら感じておられるだろうが、五十代後半をすぎるとホルモンが激変し、それとともに「あたしはあたし」が身に沁みてわかってくるようになる。ね、そうでしょう？

基本その二は「がさつぐうたらずぼら」。

これは『良いおっぱい悪いおっぱい』の頃から使いまわしている。

人の苦を観察していると、人生の諸問題はたいてい、いい子やいい人やいい娘を演じるところから来ているように見える。能力があればあるほど演技もうまくなっちゃうようだ。その結果、がんじがらめになって息がつまる。だから、「がさつぐうたらずぼら」。これを唱えて、いい子いい人いい母になりそうなときを乗り切る。

ついでにもう一つ、親への反抗。

思春期少女などは教えられなくてもやっている。あたしもやったし、うちの娘たちもさかんにやった。あれを、おとなになっても心がけ、更年期になっても、更年期が過ぎても心がけ、親の期待をできるかぎり裏切り、親の誇りなんかにならないように、むしろ埃として生きるようにがんばるといい。ふつう、あたしはがんばるということばを使わないが、この場合だけは使わせてもらう。ともすればいい子になりたい心を抑え、はいはいと聞いてしまいたい親の意見に抗って、がんばらないと、なし遂げられないのである。

と、まあ、このようにだいぶ奥義《おうぎ》をきわめたのだが、そこに加えて、ここ数年わかってきたことがある。それはズンバである。

また言ってると思わずに、まあ、聞いてください。普段、あたしらは肉体的につらいことは、無意識に避けるように生きてるわけですよ。それなのにズンバ中は、音楽や振りつけや先生の声にノセられて、自分の限界をやすやすと超える。汗だくになり、はあはあ息が切れる、はあはあ筋肉が痛い、なんでこんなことをやってるんだろう、そう思いながら、あたしは思い当たったのだ。

自分の意志とか意識とか、大したことないじゃん、何もかも自分でコントロールしようとしなくてもよかったんだ、と。

ズンバじゃなくてもいい。ヨガでも水泳でもジョギングでも山歩きでもそぞろ歩きでも。運動じゃなくてもいい。ピアノでも座禅でも書道でも英会話でもそば打ちでも。自分の意志とか意識とか、大したことない、そんなものでコントロールできないところに自分は生きてるんだなってことさえわかれば。

石牟礼道子さん

書けませんと、『婦人公論』編集部のKさんには伝えたのだ。Kさんから、追悼記事をと打診されたのだった。でも書きすぎて、比呂美はもう書けませんもう書けません、熊本のいきなり団子おいしゅうございました、天草の岩牡蠣おいしゅうございました……という感じだった。

これ以上書いたら物書きの倫理にかかわる。さっき人生相談を一つ書き終えて、久しぶりに石牟礼さんに関係ないことを書いたなと思った。でも、ひきずるということばを書きつけて、ふと考えた。昔、カリフォルニアに来る直前、二十数年前だ、いろんなものひきずりすぎてにっちもさっちもいかなくなってるんですと石牟礼さんに訴えたら、おだやかな、幽《かす》かな口調で、「ひきずって生きるのも縁ですよ」と言われたということ。ああ、今は石牟礼さんのことしか書きたくないのかもしれない。

あたしはときどき、詩人の能力が怖くなる。知らず知らずに先を見通すようなことを書くのだ。二号前に「名残惜しい」と書いた。Iさんは石牟礼さんだ。もちろん石牟礼さんはほんとに老い衰えた九十歳だったから、いつ亡くなっても不思議はなかった。あたしは別れるとき、いつも、生きてくださいねと念を押した。こんな老人によく言うよと思わぬでもなかったが、なにしろ石牟礼さんは生きるも死ぬるも見切っている人だから、何を言ってもだいじょうぶという信頼がある。実際、毎回そのたびに、「どうかしら」と朗らかな幽かな声で返してくれた。こっちとあっちの間に生きているようだった。もう何年もそうだった。

あたしは石牟礼さんに顔が似ている。そもそも三十年近く前、まだ会う前に石牟礼さんから「失礼ですけど、あなたあたしに似てます」と電話がかかってきた。昔の白黒の写真では見分けがつかないほど似ている。初対面の人に、石牟礼さんに似てらっしゃいますねとしみじみ言われたこともある。生みの母まで、少々ボケかけたときに石牟礼さんの写真を見て、これあんた？　これあんた？　とくり返しあたしに聞いた。それは石牟礼さん、それは石牟礼さんと辛抱強く答えているうちに、母は「同じ仕事してると顔まで似てくるのかねえ」という結論を自力で引き出して、聞くのをやめた。

恰好も印象もだいぶ違うはずなのだ。あたしはこれこのように黒ずくめのジーンズとTシャツで売れないロッカーみたいだし、石牟礼さんの着る服は、ほのかなアジアンテイストで、似てるのは顔と表情だけだ。

熊本に帰るたびに、石牟礼さんに会いに行った。それが熊本に帰る目的のひとつだった。日本に帰ることになったときも、石牟礼さんがいるなとまず考えた。

亡くなったのを知らされて、すぐM新聞社から電話がかかってきた。親しい記者だったから、話しているうちに泣けてきた。母のときには泣かなかった。だって母ならばすっ飛んでいかねばならない。石牟礼さんは何もしなくていい。日本に帰らなくていい。何もすることがない。ここでひとりで亡くなったなあと考えていなければならない。

熊本の友人数人とやりとりした。みんなそれぞれの思いを抱えてここ数年、石牟礼さんの近くにいた人たちだった。そのうち、追悼文を書かなくちゃという現実に戻された。だいぶ前にK通信社の親しい記者に（この年まで生きてるとあちこちに親しい記者がいることになる）、石牟礼さんに万が一のことあったらうちに書いてくださいねと言われて、いいですよと返事していたのだ。それはいつも頭の片隅にあった。そして案の定、原稿お待ち申し上げますというメールが来た。それで涙目のまま書き始めた。

あたしはほんとに書くのが遅い。そのうちにも、談話をくださいという電話が各新聞社からかかり、次々にかかり、話して電話を切ると、数十分後にはさっき電話で話した記者から、こんなふうに記事にしますという確認の電話が次々にかかり、そうしてるうちにも、ネット上にそれが記事になってあらわれる。記者さんたちの能力や恐るべしと感動しながらも、焦るからよけいに書けない。

でも、やがてあたしは気がついた。追悼文を書くというのは、自分の、自分なりの、供養である。おとむらいである。あたしはそれから、お線香を絶やさずに灯しつづけるように石牟礼さんのことを書きまくっている。

おとむらいという言葉から、天草の海の中でたくさんの鰯が泣いている風景が頭に浮かんで離れなくなった。「海のなかでは／何万の／鰯のとむらい／するだろう」

違う違う、これは金子みすゞだと思いながら、鰯に煮干しを連想し、以前、平松洋子さんと石牟礼さんを訪ねたとき、炊飯器ひとつで作ってくれた「道子めし」、ウマかったなあと思い出した。

道子めしとは、老人ホームで台所のない石牟礼さんが編み出した料理法で、まず炊飯器の中で、煮干しと昆布と人参を（たまたまそこにあった）椿油で炒めて炊きあげ、外に取り出し、残った汁に餅米と人参と昆布の佃煮とちりめんじゃこを入れて、また炊きあげる。それでご飯とおかずができるのだった。そのとき今度は「赤い人参だったり／くろい昆布だったり／たたきつぶされた魚だったり」という詩を思い出したが、おっと、それは石垣りんだ。

石牟礼さんはこっちである。『苦海浄土』から。

「かかよい、飯《まま》炊け、おるが刺身とる。ちゅうわけで、かかは米とぐ海の水で。沖のうつくしか潮で炊いた米の飯の、どげんうまかもんか」

そう言いながら、水俣の漁師の夫婦が、海の上で、鯛の刺身と炊きたてご飯を食べたときを思い出している。

「あねさん、魚は天のくれらすもんでござす。天のくれらすもんを、ただで、わが要ると思うしことって、その日を暮らす。これより上の栄華のどこにゆけばあろうかい」

石牟礼さんのことを考えていると、自然と他の女の詩人たちの言葉につながっていくのである。水があふれてすべてを呑み込んでいくようだ。

石牟礼さん的なもの。

あらゆる女的なもの。

トメの結婚

末っ子のトメが、結婚するという。結婚式は、サンフランシスコの市庁舎でやるという。

それじゃこっちからみんなで行こうということになった。そしたら数日前にトメから「おかあさん、いつもの True Religion 着てこないで。ちゃんとしたもの着てきて。D（次女サラ子のパートナー）は靴はいてきて」という指令が入った。Dは年がら年中ハダシでビーサンで、カジュアルきわまりないカリフォルニア男なのであった。それで、あたしは数年にわたって着回している授賞式用の服を着て、Dは一張羅のスーツを着て、もちろん靴をはき、サラ子も人の結婚式に着回している服を着て、当日サンフランシスコの市庁舎に着いてみたら、驚いた。

市庁舎は街のど真ん中にどーんとあり、壮大で荘厳でキンキラキンで、今まで知ってた気楽で適当で風っ通しのいいカリフォルニアらしさとはぜんぜん違い、ヨーロッパ建築をお手本につくってみましたがどうですかね？　とドヤ顔で迫ってきた。中に入ってみれば、ウェディングドレスの若者があっちにもこっちにもいて、つまりここは、若者に人気の結婚スポットなのであった。

待っていると、やがて長女カノコの一家が現れ、NYに住むトメの友人が現れ、東部に住むトメの父方の親戚も現れ、そこに当人たちが現れ、トメは花だらけのウェディングドレスで、新郎も花だらけの礼服で、向こうの親戚たちに紹介され、あれよあれよという間に結婚式が執り行われたのであった。

市庁舎だから牧師さんや神主さんはいない。かわりに礼服の判事がいて、二人を向かい合わせて何か唱え、二人が続いて何か唱え、指輪を交換して五分間で式は済んだ。「わたし、トメは、Fをわたしの法的な夫として受け入れ、今日からずっと、つらくても楽しくても、金持ちになっても貧乏になっても、病気でも健康でも、死ぬまでいっしょに生きていきます」みたいなことを言ったらしい。これは後でトメに聞いた。判事さんはアジア系で、穏やかで感じのいい人だった。

新郎は、フィリピン人で不法滞在者である。アメリカ人であるトメと結婚すれば配偶者の永住ビザをもらえるから、結婚をいそぐのだと当初トメに説明されて、なによ、利用されてるんじゃないの、とあたしはトメの将来を本気で心配した。でもトメが結婚したいと言いはるんだから、しかたがない、結婚も離婚も経験じゃと思いながら、複雑な気持ちでここまで来たわけだが、来てみたら、心配は霧消した。トメと新郎は、ビザのあるなしに関係なく、結婚してうれしい、ただの恋する若い女であり、ただの恋する若い男だった。そして新郎の家族から（トメたちは安上がりという理由で母親の家に同居中）トメがかわいがられているようすも見たからだ。

披露パーティーは新郎のお母さんが手配してくれた。子ブタの丸焼きやアドボご飯といったフィリピン料理がずらりと並び、サンフランシスコのフィリピン人コミュニティから、人々が英語やタガログ語をしゃべりながらわらわらとやってきて、トメを取り囲み、なでたり抱きしめたりして、もてはやしてくれるのを見て、フィリピン人コミュニティに「よめにやった」という気がした。

なかなか、いい子に育てたのだ。すなおで明るく、正義心が強く、勉強は得意じゃなかったが、大学もちゃんと入ってちゃんと出た。本はろくに読まないが、よくものを考える。誰とでも臆さず礼儀正しくしゃべれるし、食べ方もきれいだし、箸もちゃんと使えるし、日本語もできる。こうして見ると、すごくいい子なのだ。そんないい子に向かって、四六時中文句を言ってたあたしは、いったい何が不満だったのかなあと考えた。

結婚式には夫の絵を持っていった。居間にかけてあった絵で、実は手放すのがいやだった。でもトメが、あれがいいと言う。夫にとって、トメは年取ってから思いがけずできたほんもののお宝だった。生きてここにいたら、一も二もなく持っていかせるだろう。そう思ってあたしはそれを外し、ホコリを拭き取り、式の間、ずっとそれを抱えていた。

披露パーティーではこんなことがあった。サラ子が、自分で買ってきた花束を新郎のお母さんに渡して「すてきなパーティーを用意してくれて、トメを受け入れてくれてありがとう、わたしたちをウエルカムしてくれてありがとう」と短い挨拶をした。あたしがしろって言ったんじゃなく、自分から、大勢の人の前で。新郎のお母さんは感極まって涙を拭いた。サラ子のそんなところを見るのは初めてだった。あたしの知ってるサラ子は、そんなことは絶対できなかった。人前で、人々にみつめられながら、自分の意見をのべて、人を感動させることができるなんて。

いつだってサラ子は、人前に立つと表情がなくなった。棒みたいに突っ立っているばかりだった。それを引き取りに、何度も何度も、小学校や中学校や（高校のときはマシだった）大学に行ったものだ。ああ、苦労した。苦労した。貝がむき身で太平洋の荒波をわたるような、ジェットコースターでシートベルトなしに振り回されるような、そんな苦労だった。カノコにも苦労したが、その苦労は『伊藤ふきげん製作所』とかに書くことでなんとかなった程度の苦労だった。でもサラ子については、あたしはそれを書けなかった。それほど悩み抜いていた。あたしがそうなんだから、本人はどれだけ苦しんだろう。

わかっている。こんなところに連れてきて振り回した親のせいだ。それでも今、サラ子は三十を過ぎ、すっかり落ち着き、ちゃんと靴をはいてるパートナーまでいて、人前で挨拶ができる。

あたしが思わず泣いたら、「おかあさん、泣くポイントがずれてる」とサラ子とカノコに言われた。それであたしはちょっと恥ずかしくなって「トメなんか、大丈夫なのはわかってるんだからいいのよ」と言い返したのだが、もしかしたら、それがほんとの本音なのかもしれなかった。

チャパラル

この土地に二十数年住み果てて
チャパラルということばを知った

今年の春あのすごい春
竜舌蘭がぐいぐいと伸びるのを見た

山頂にひとつの株が生え出して
茎を伸ばして、花芽を伸ばした

名を「チャパラルの竜舌蘭」
また「山麓竜舌蘭」
また「いすぱにや人の銃剣」
また「主の蠟燭」

チャパラル
このことば
翻訳できない
日本語の中にカタカナが荒々しい

その頃わたしは家の近所に
車でほんの五分行ったところに
ひろびろとしたチャパラルを見つけ
チャパラルの中をめぐる道を見つけ
犬を連れて歩きはじめた
道をくだる。左右に道が分かれる
左に行けば山がある。それをのぼる
山の上は平らである。下を見おろしながら歩く
山の上を道はつづいて頂上にいきつく
そこからチャパラルが見わたせる
やまよもぎの藪におおわれてある

のぼる人も犬も見える。くだる人も犬も見える
走る人も追う犬も見える
脇道がある。それもすべて見える
芽の出かけた竜舌蘭も見える
脇道に入ってくだる。またのぼる
むき出しの坂がある。古い樫の木がある。幹がくねる
くねりくねって沈んでゆく

どんぐりが生るのを見た
コヨーテの呼ぶのを聞いた
コヨーテの食べ残しを見た
それはうさぎの尻尾だった
月がのぼるのを見た
日がしずむのを見た
日がのぼるのを見た
雨が降るのを見た
雷が鳴るのを聞いた

人と出会って、人と別れた
花が咲くのを見た
咲いた花が枯れるのを見た
枯れ果てたのを見た

夏のおわり。秋のはじめ。
わたしはノルウェイの文学祭で、隣に座ったルーマニアの詩人に話した。
いまは
すべてのドアがあけっぴろげになっている
目の前にはだだっ広い草原があり、風が吹いている
草がなびいている
それをみつめている
髪の毛が風に吹かれてもうもうと揺れて騒ぐ
皮膚が陽に灼かれてみるみるくろずむ
わたしは手を大きくひろげて風をうけとめ
口をあけて風を
いっぱいに吸い込む
そういう気分だ
わたしたちの座っているホテルのダイニングはオスロフィヨルドの海に面している。

雲の多い、薄い光の空がある。
夏のおわり。秋のはじめ。
ウマグリの木には緑色の実が生って太り、草地の縁には名残りの夏花が咲いていた。大きな窓と大きなドアがあり、外にはテラスがあるが、そのドアはあかない。やってみた。客は中のダイニングで朝食を食べるようにというホテル側の意向だからあきらめた。でもさっきダイニングに入ってきたとき、年上の女とすれ違った。両手に皿やカップを持っていたから、彼女のために、ドアを開けた。女はありがとうと言って、わらいながら外に出ていった。皿に山盛りの朝食が盛られていた。外の濡れた椅子にすわって、空と海を見ながら、あれを食べようというのだろう。
あなたいくつ? とわたしが聞いた。
四十八歳。とルーマニアの詩人がいった。
もう少し、もう少しでここに至る
いままでの欲望、やむにやまれぬ
衝動、やむにやまれぬ、とめどのなかったそれが
わたしの脳の中のケミカルに操作されていたのだ
そのためにわたしはわたしであった
欲望も衝動も、

やむにやまれなかった、とめどなかった、止められなかった、あふれ出た
それが
わたしであった
いまはちがう
しんとして
音もなく
色もない
だれもいない
そこに立っているのはたしかにわたしである
すべての血管からすべての細胞から
ケミカルが脱け出ていって、そのために
つくらされた、あつめさせられた、うまされた、かかわらせられた
いいえ、いいえ、
つくった、あつめた、うんだ、かかわった
人びとがみんな去っていって
のこったのがここにいる
皺のよった皮膚のくろずんだわたしである

「女」が好きだった
「女」であった
「女」でしかなかった
「女」でありつづけたい
そしていま
「女」を作ったケミカルがなくなっても
「女」だ
「女」でしかない
「女」でありつづける
そういえば
「女」に向けてエッセイは書いてきたが
「女」に向けて詩を書いたことはなかったと思いあたる
そんな詩は書けない
ない
が結論だ
立ち上がって出ていく。二十数年前に書いた詩しかまだ翻訳されていない。ノルウェイ語に。それを読んでくる。日本語で。それもわたしである。

YAKISOBA

ある日私は呼び止められた
マーケットで、日系人のあつまる
居酒屋がある、モールの片隅に
そこには切り干し大根やひじき煮なんかがあり
その隣はカレー屋で
そこにはカツカレーなんかがあり
その隣は日本式のケーキ屋で
そこにはイチゴのショートケーキがある
秋になるとモンブランが出る
その隣がマーケット
なかでは年取った女が働いている
宣伝販売である

彼女は叫んでいる、なまり切った英語で
年頃は六〇代後半、
日本で生まれて日本で育った
若いときにここに来た、
ここの生活の方が長い
もう帰らない
彼女は使うひたすら日本語を家族にたいして
彼女が話しかけると日本語で
子どもも孫も
返してくるひたすら英語で
今日、まさに今、彼女は叫び、次のように
呼び止めた、一人の女を
ちょっとおくさん寄ってって
ぐっつそーすがいんくるーでっどよ！[*1]
それは私である、呼び止められた
私は考えた、立ち止まりながら
いったいぜんたいだれをこの地球上で

あの呼びかけは
呼び止めようとしているのか、
どんな人間を？
どんな背景を？
どんな性の？
どんな生活のただ中にいる？
なにを共有したがっているのか、呼びかけた相手と？

そしてそれはまさに私である
私こそ共有している
その言語の、性の、年齢の、立場の、興味の、金銭感覚の
彼女の狙いさだめている、などと考えながら
手に取り、彼女の差し出すやきそばの一盛りを
懐かしく味わい、それを
アラこれは
らざぁちーぷだわね[*2]などと思いながら
手に取り、それを

ためつすがめつし
投げ入れたのである、それを
（有る程の[*3]）
（命）
（投げ入れよ）
（カートの中）
ありがと、と彼女が
いいえ、と私が

女がいる、ここに
生き替り死に替り
つながる、つぎの女に
何十人となく何百人となく何千人となく
何世代となく何十世代となく

Here is a woman
Who comes back alive, who comes back dead

Who connects with the next woman
With tens and hundreds and thousands of women
With generations and tens of generations down the line[*4]

＊1 Good sauce ga included yo!
＊2 Korewa rather cheap dawane.
＊3 漱石の俳句より
＊4 ジェフリー・アングルスの英訳より

あとがき

今よりちょっと前、五十代、更年期の前後、エストロゲンが激減しつつあった時期、人生の見方がとてもクリアになり、やっと本来のあたしが出てきたと思った。楽しかった。死んでいく親を見送るのも、娘が家から離れていくのを見送るのも、充実していた。その頃に書いたのが『閉経記』。『義経記』と『平家物語』を足して二で割ったつもりの戦記だったのである。

ところがその後、六十代、親のいなくなった日本は空虚で、娘たちのいなくなった家からは若さが消えた。夫は老いる一方で（年上の男といっしょになったせいもあるのだが）、死に、それから孤独に、ひたひたと向かっていく毎日はあんまり楽しいと思えなかった。

夫は、運転ができなくなり、スコッチも飲まなくなり、車椅子を使うようになり、二階の寝室を見捨てて一階の客室に寝るようになり、あたしは仕事場の簡易のベッドに寝て、夢にまでみた夫婦別室生活。彼のために洗濯をし（前はしてなかった）、靴下をはかせたり爪を切ったりした。その爪が、ぶ厚くもりあがってモロモロになっていたから、夫を座らせ、足をお湯に漬け、やすりで削りながら切っていくなんてことを、こまめにやっていたのである。そして夫はさらに老いて、病院の外来や救急病院や老人施設を行ったり来たりするようになった。

この連載をしている間に、夫が死ぬのかなとぼんやり考えていた。夫を亡くした友人の誰彼が口をそろえて、夫の死んだ後は寂しいと言うのである。それをあたしも感じるのだ、どんなきもちだろうと幼稚園児が小学校生活を思い描くみたいに考えていた。この連載のタイトルも『寂しい。』にしようと思ったが、まだ生きてたからリアリティがなく、悩んでいるうちに連載が始まっちゃって、苦しまぎれに『たそがれ・かはたれ』にしたが、なんか違う。そんな薄ぼんやりした、幽《かす》かなイメージは、あたしの人生になかったはずだった。

やがて夫が死んだ。あと数ヵ月あるいは数年、生きるだろうと思っていた。見通しが甘いのである。何人分の死を経験しても、まだ甘い。母も、父も、犬も、まさか死ぬと思わないのに死んでしまった。夫もそうだった。

夫が死んで、寂しいは寂しかったが、生活はあまり変わらなかった。仕事して、散歩して、日が暮れて、夜が明けた。

ニコが老いてきて、キャニヨンの散歩をいやがるようになった。それでまず近所の公園でニコをあそばせてから、ニコを家に置いて、クレイマーだけキャニヨンに連れていくようになった。最初のうち、クレイマーはニコを探して何度も立ちどまって振り返ったが、やがて慣れた。リードを離すと、クレイマーは、キャニヨンの荒れ果てた自然の中をどこまでも走っていって、走って戻ってきた。

近所の日本人夫婦と親しくなった。寄り集まって日本語をサカナにビールを飲んだ。夫がいたときは、日本語ができない夫のためにいつも英語でしゃべっていた。夫が死んで、日本語解禁！　という自由を味わった。ＬＡにいる友人もときどき泊まりがけで来た。みんな、あたしと同じように日本で生まれてここに流れついた人たちだった。夫といっしょに親しくしていた英語しかしゃべらない友人たちともつきあいはつづいた。いい友にかこまれていた。でもある日、あたしは気づいたのだ。自分がこの頃、キャニヨンの植物と犬のことばかり書いていること。他に書きたいことがなくなっていること。そのくらい、毎日の生活に、夫の生きていたときはあったリアルがなくなっていること。夫が死んで、二年経って、あたしはこういう形で寂しさを認識した。早稲田大学から誘われたのはそんなときだ。日本に帰らない理由はどこにもなかった。

一九九一年。ふと思い立って三ヵ月のアメリカ滞在を試みた。人生は滞り、何もかもうまくいってなかった。先住民の口承詩を知りたいというのが表向きの理由だった。内向きの理由は、なんだろう、遅きに失した自分探しだったのかも。

コヨーテを見たいと思っていた。何匹も見たけど、みんな路上の死骸だった。でも一九九七年に住み着いてから、数回見た。カリフォルニアで見て、アリゾナで見た。無言で道を横切ったり、道の向こうに立っていたりした。

日本に帰ろうと決めた後のことだ。初めてコヨーテの呼び声《ハウル》を聞いた。いつも歩いているキャニヨンの、向こう側の崖の上から、姿は見えなかったが、一匹のコヨーテが、あたしたちに呼びかけていた。すごい声だった。クレイマーは怖《お》じ気《け》づいてわうわうと吠えた。リードをつけると安心したように静かになった。

「コヨーテを探しに来て、コヨーテを一匹連れて帰るんですね」とあの日本人の友人に言われた。せっかく身を寄せ合って生きていたのに、あたし一人が日本に帰る。抜け駆けの裏切りみたいだと実は少し後ろめたい。え、と聞き返すと「クレイマーはコヨーテのかわりなんだと思う」と。そういえば、性格はともかく、見た目は、なんとなく、野性の呼び声みたいな感じの犬なのだ。そういう見方もあるなと思った。

心からの謝辞を、婦人公論編集部の小林裕子さんと連載の時から絵を描いて下さったMAYA MAXXさんに。カバーの象は、夫の命日の回だ。それから文芸編集部の横田朋音さん、三浦由香子さん。三浦さんには『ウマし』でもお世話になったのに、あっちの本では食べ物のことを考えるのに忙しくて、謝辞を書き忘れた。ああ、いくつになっても、まともなおとなになれてない。このまま生きてゆこうと思うので、『たそがれ・かはたれ』なんていう幽かなタイトルは捨てた。『たそがれてゆく子さん』に決めた。

今はすこーしも寂しくないわ♪

二〇一八年七月

伊藤比呂美

文庫版あとがき

実は「たそがれてゆく子」という言葉、以前にも使ったことがある。

あたしの代表作の一つの『とげ抜き　新巣鴨地蔵縁起』に出てくる老詩人の名前が「誰そ彼ゆく子」だった。モデルは石牟礼道子さんである。

『とげ抜き』はよく売れたし、賞ももらったが、ジャンルは何だろう。詩のつもりで小説だったのかもしれない。

『たそがれてゆく子さん』とほぼ同時期に、『切腹考』という本を書いた。同じネタも使い回した。夫の死のあたりだ。同じ場面を同じ人間が書くから、同じような表現になるはずだが、これがなんだか、ぜんぜん違うのである。

『たそがれてゆく子さん』はエッセイで、『切腹考』は詩（ないしは小説）。その違いをずっと考えていたのだが、この頃にやっとわかってきたのだった。

『閉経記』『たそがれてゆく子さん』『ショローの女』という、何年にもわたって『婦人公論』で連載を続けているエッセイを書くとき、あたしは読者のみなさんと話している。一人一人の顔だって見えている。

みなさんにハッキリ伝わるように言葉を選び、声に出して語ってみる。よりおもしろく話せるように順番を入れ替えたりもする。文字にととのえて、担当編集者の小林裕子さん（みなさん代表の最初の読者）に渡す。一方通行のようだが、そうじゃない。みなさんの読んで感じたことがなんとなく伝わってくる。それでさらに書き続ける。詩や小説はちょっと違う。わかってもらえなくてもいいモンという感じで、ぐいぐい走っていく。行き着く先はたぶん自分でもわからないどこかなのだ。

文庫版にあたり、またまた文芸編集部の横田朋音さんにお世話になりまして、文庫のオマケとして、詩をひとつ余分に載せてもらった。詩集には入っていないのに（この頃詩集を出してないからなのだが）とても気に入っていて、朗読会のたびに読んできた詩だ。これをみなさんとシェアしたい。

すこーしも寂しくないわ♪　というあとがきのことばには、少々ハッタリも混じっていたが、実際この後日本に帰り、学生たちと動物たちに囲まれてぜんぜん寂しくない日々に突入した。次作の『ショローの女』にはそんなこんながやがやと書いてある。

二〇二一年十月

著者

初出

『婦人公論』2016年1月26日号〜2018年4月10日号に
『たそがれ・かはたれ』のタイトルで連載

「何も残さず死んでみたい」
『婦人公論』2015年11月10日号

「夏のおわり。秋のはじめ。」

『早稲田文学増刊 女性号』(2017年9月)

「チャパラル」
『カリヨン通り17号』(2017年12月)掲載作を改稿

「YAKISOBA」
英語版『Granta オンライン版』(2011年3月)
ジェフリー・アングルス訳
日本語版『現代詩手帖』(2011年9月)

『たそがれてゆく子さん』二〇一八年八月　中央公論新社刊

中公文庫

たそがれてゆく子《こ》さん

2021年11月25日　初版発行

著　者　伊藤《いとう》比呂美《ひろみ》

発行者　松田陽三

発行所　中央公論新社
〒100-8152　東京都千代田区大手町1-7-1
電話　販売 03-5299-1730　編集 03-5299-1890
URL http://www.chuko.co.jp/

DTP　嵐下英治
印　刷　大日本印刷
製　本　大日本印刷

Published by CHUOKORON-SHINSHA, INC.
Printed in Japan　ISBN978-4-12-207135-3 C1195

各書目の下段の数字はISBNコードです。978－4－12が省略してあります。

中公文庫既刊より

い-110-1
良いおっぱい悪いおっぱい〔完全版〕
伊藤比呂美
一世を風靡したあの作品に、3人の子を産み育て、25年分の人生経験を積んでパワーアップした伊藤比呂美が大幅加筆！「やっと私の原点であると言い切ることができます」
205355-7

い-110-2
なにたべた？ 伊藤比呂美＋枝元なほみ往復書簡
伊藤比呂美
枝元なほみ
詩人は二つの家庭を抱え、料理研究家は二人の男の間で揺れながら、どこへ行っても料理をつくっていた。二十年来の親友が交わす、おいしい往復書簡。
205431-8

い-110-4
閉経記
伊藤比呂美
更年期の女性たちは戦っている。老いる体、減らない体重、親の介護、夫の偏屈と。ホルモン補充療法に挑戦、ラテン系エクササイズに熱中する日々を、無頼かつ軽妙に語るエッセイ集。
206419-5

い-110-5
ウマし
伊藤比呂美
食の記憶（父の生卵）、異文化の味（ターキー）、偏愛の対象（スナック菓子、山椒）。執着し咀嚼して、胃の腑をゆさぶる本能の言葉。滋養満点の名エッセイ。
207041-7

い-116-1
食べごしらえ おままごと
石牟礼道子
父がつくったぶえんずし、獅子舞にさしだした鯛の身。土地に根ざした食と四季について、記憶を自在に行き来しながら多彩なことばでつづる。〈解説〉池澤夏樹
205699-2

う-9-4
御馳走帖
内田百閒《ひゃっけん》
朝はミルク、昼はもり蕎麦、夜は山海の珍味に舌鼓をうつ百閒先生の、窮乏時代から知友との会食まで食味の楽しみを綴った名随筆。〈解説〉平山三郎
202693-3

う-9-5
ノラや
内田百閒
ある日行方知れずになった野良猫の子ノラと居つきながらも病死したクルツ。二匹の愛猫にまつわる愛情と機知とに満ちた連作14篇。〈解説〉平山三郎
202784-8

う-9-10
阿呆の鳥飼
内田百閒
鶯の鳴き方が悪いと気に病み、漱石山房に文鳥を連れて行く……。『ノラや』の著者が小動物たちとの暮らしを綴る掌篇集。〈解説〉角田光代
206258-0

う-9-11
大貧帳
内田百閒
お金はなくても腹の底はいつも福福である――質屋、借金、原稿料……飄然としたなかに笑いが滲みでる。百鬼園先生独特の諧謔に彩られた貧乏美学エッセイ。
206469-0

か-2-7
小説家のメニュー
開高健
ベトナムの戦場でネズミを食い、ブリュッセルの郊外の食堂でチョコレートに驚愕。味の魔力に取り憑かれた作家による世界美味紀行。〈解説〉大岡玲
204251-3

く-25-1
酒味酒菜
草野心平
海と山の酒菜に、野バラのサンドウィッチ……。詩作のかたわら居酒屋を開き、酒の肴を調理してきた著者による、野性味あふれる食随筆。〈解説〉高山なおみ
206480-5

さ-61-1
わたしの献立日記
沢村貞子
女優業がどんなに忙しいときも台所に立ちつづけた著者が、日々の食卓の参考にとつけはじめた献立日記。工夫と知恵、こだわりにあふれた料理用虎の巻。〈解説〉平松洋子
205690-9

し-31-6
食味歳時記
獅子文六
ひと月ごとに旬の美味を取り上げ、その魅力を一年分綴る表題作ほか、ユーモアとエスプリを効かせた食談を収める、食いしん坊作家の名篇。〈解説〉遠藤哲夫
206248-1

た-15-5
日日雑記
武田百合子
天性の無垢な芸術者が、身辺の出来事や日日の想いを、時には繊細な感性で、時には大胆な発想で、心の赴くままに綴ったエッセイ集。〈解説〉巖谷國士
202796-1

た-15-9
新版　犬が星見た　ロシア旅行
武田百合子
夫・武田泰淳とその友人、竹内好との旅を、天真爛漫な目で綴った旅行記。読売文学賞受賞作。竹内好の随筆「交友四十年」を収録した新版。〈解説〉阿部公彦
206651-9

各書目の下段の数字はISBNコードです。978－4－12が省略してあります。

た-15-10
富士日記（上）新版
武田百合子
夫・武田泰淳と過ごした富士山麓での十三年間を克明に描いた日記文学の白眉。昭和三十九年七月から四十一年九月分を収録。〈巻末エッセイ〉大岡昇平
206737-0

た-15-11
富士日記（中）新版
武田百合子
愛犬の死、湖上花火、大岡昇平夫妻との交流。昭和四十一年十月から四十四年六月の日記を収録する。田村俊子賞受賞作。〈巻末エッセイ〉しまおまほ
206746-2

た-15-12
富士日記（下）新版
武田百合子
季節のうつろい、そして夫の病。山荘でともに過ごした最後の日々を綴る。昭和四十四年七月から五十一年九月までを収めた最終巻。〈巻末エッセイ〉武田花
206754-7

た-22-2
料理歳時記
辰巳浜子
いまや、まったく忘れられようとしている昔ながらの食べ物の知恵、お総菜のコツを四季折々約四百種の材料をあげながら述べた「おふくろの味」大全。
204093-9

た-34-4
漂蕩の自由
檀一雄
韓国から台湾へ。リスボンからパリへ。マラケシュで迷路をさまよい、ニューヨークの木賃宿で安酒を流し込む。「老ヒッピー」こと檀一雄による檀流放浪記。
204249-0

た-34-5
檀流クッキング
檀一雄
この地上で、私は買い出しほど好きな仕事はない――という著者は、人も知る文壇随一の名コック。世界中の材料を豪快に生かした傑作92種を紹介する。
204094-6

た-34-6
美味放浪記
檀一雄
著者は美味を求めて放浪し、その土地の人々の知恵と努力を食べる。私達の食生活がいかにひ弱でマンネリ化しているかを痛感せずにはおかぬ剛毅な書。
204356-5

た-34-7
わが百味真髄
檀一雄
四季三六五日、美味を求めて旅し、実践的料理学に生きた著者が、東西の味くらべはもちろん、その作法と奥義も公開する味覚百態。〈解説〉檀太郎
204644-3

た-93-1
檀流クッキング入門日記
檀　晴子
若くして、檀一雄の長男と結婚し、義父から料理の面白さを学んだ著者による、『檀流クッキング』の舞台裏。そして檀流クッキングスクールの卒業レポート。
206920-6

と-21-1
パリからのおいしい話
戸塚真弓
料理にまつわるエピソード、フランス人の食の知恵など、パリ生活の豊かな体験をもとに〝暮らしの芸術〟としての家庭料理の魅力の全てを語りつくす。
202690-2

と-21-3
暮らしのアート　素敵な毎日のために
戸塚真弓
週に一度はごちそう作り、絹のスカーフは手洗いで、調味料こそ一級品を、布を使って模様替え…パリで学んだより快適で豊かな毎日のための〝衣食住の芸術〟。
203601-7

と-21-5
パリからの紅茶の話
戸塚真弓
パリに暮らして三十年。フランス料理とワインをこよなく愛する著者が、五感を通して積み重ねた、歴史と文化の街での心躍る紅茶体験。〈解説〉大森久雄
205433-2

と-21-7
ロマネ・コンティの里から　ぶどう酒の悦しみを求めて
戸塚真弓
〈人類最良の飲み物〉に魅せられ、フランスに暮らす著者が、ぶどう酒を愛する人へ贈る、銘酒の村からのワインエッセイ。芳醇な十八話。〈解説〉辻　邦生
206340-2

ひ-26-1
買物71番勝負
平松洋子
この買物、はたしてアタリかハズレか。一つ一つの買物は一期一会の真剣勝負だ。キャミソールから浄水ポットまで、買物名人のバッグの中身は？〈解説〉有吉玉青
204839-3

ほ-16-1
回送電車
堀江敏幸
評論とエッセイ、小説。その「はざま」にある何かを求め、文学の諸領域を軽やかに横断する――著者の本領が発揮された、軽やかでゆるやかな散文集。
204989-5

ほ-16-2
一階でも二階でもない夜　回送電車Ⅱ
堀江敏幸
須賀敦子ら7人のポルトレ、10年ぶりのフランス長期滞在で感じたこと、なにげない日常のなかに見出した秘蹟の数々……54篇の散文に独自の世界が立ち上がる。〈解説〉竹西寛子
205243-7

各書目の下段の数字はＩＳＢＮコードです。978－4－12が省略してあります。

ほ-16-5
アイロンと朝の詩人　回送電車Ⅲ
堀江　敏幸
一本のスラックスが、やわらかい平均台になって彼女を呼んでいた――。ぐいぐいと、そしてゆっくりと、読み手を誘う四十九篇。好評「回送電車」シリーズ第三弾。
205708-1

ほ-16-7
象が踏んでも　回送電車Ⅳ
堀江　敏幸
一日一日を「緊張感のあるぼんやり」のなかで過ごしたい――異質な他者や、曖昧な時間が行きかう時空を泳ぐ、初の長篇詩と散文集。シリーズ第四弾。
206025-8

ほ-16-8
バン・マリーへの手紙
堀江　敏幸
「バン・マリー」―湯煎―にあてた詩、音楽、動物、思い出深い人びと……愛しい日々の心の奥に、やわらかな火を通すエッセイ集。
206375-4

ま-17-13
食通知ったかぶり
丸谷　才一
美味を訪ねて東奔西走、和漢洋の食を通して博識が舌上に転がすは香気充庖の文明批評。序文に夷齋學人・石川淳、巻末に著者がかつての健啖ぶりを回想。
205284-0

ま-17-14
文学ときどき酒　丸谷才一対談集
丸谷　才一
吉田健一、石川淳、里見弴、円地文子、大岡信ら一流の作家・評論家たちと丸谷才一が杯を片手に語り合う。最上の話し言葉に酔う文学の宴。〈解説〉菅野昭正
205500-1

む-27-1
台所重宝記
村井　弦斎
村井米子編訳
食材選びに料理のコツから衛生まで、明治期のベストセラー小説『食道楽』の情報部分を抽出、現代にも役立つ〈実用書の元祖〉。一年三六五日分の料理暦付。
206447-8

む-27-2
食道楽
村井　弦斎
村井米子編訳
和洋中、四季折々、多種多様の料理をレシピと共に味わうグルメ小説の元祖。明治期空前のベストセラーを読みやすくコンパクトな現代語抄訳で初めて文庫化。
206641-0

よ-5-8
汽車旅の酒
吉田　健一
旅をこよなく愛する文士が美酒と美食を求めて、金沢へ、そして各地へ。ユーモアに満ち、ダンディズムが光る汽車旅エッセイを初集成。〈解説〉長谷川郁夫
206080-7

よ-5-10
舌鼓ところどころ／私の食物誌
吉田　健一
グルマン吉田健一の名を広く知らしめた「舌鼓ところどころ」、全国各地の旨いものを紹介する「私の食物誌」。著者の二大食味随筆を一冊にした待望の決定版。
206409-6

よ-5-11
酒　談　義
吉田　健一
少しばかり飲むというの程つまらないことはない――。飲み方から各種酒の味、思い出の酒場まで、ユーモラスに綴る究極の酒エッセイ集。文庫オリジナル。
206397-6

よ-17-12
贋食物誌《にせしょくもつし》
吉行淳之介
たべものを話の枕にして、豊富な人生経験を自在に語る、洒脱なエッセイ集。本文と絶妙なコントラストを描く山藤章二のイラスト一〇一点を併録する。
205405-9

よ-17-13
不作法のすすめ
吉行淳之介
文壇きっての紳士が語るアソビ、紳士の条件。著者自身の酒場における変遷やダンディズム等々を通して「人間らしい人間」を指南する洒脱なエッセイ集。
205566-7

わ-25-1
装丁物語
和　田　誠
絵を描き、文字を配し、用紙を選んで一冊を作り上げる。そのデザインの源泉は書物への深い愛着。星新一から村上春樹まで――惜しみなく披露する本作りの話。
206844-5

わ-25-2
ことばの波止場
和　田　誠
戦時中の替え歌、落語に訳詞。しりとり、回文、アナグラム。マザーグースにクマのプーさん。長年かけてこつこつ集めた、大人が楽しいことばの遊び。
206887-2

わ-25-3
青豆とうふ
安西水丸
和　田　誠
一つの時代を築いた二人のイラストレーターが、互いの文章と絵をしりとりのようにつないで紡いだエッセイ集。カラー画も満載！〈文庫版のあとがき〉村上春樹
207062-2

む-4-4
使いみちのない風景
村上春樹　文
稲越功一　写真
ふと甦る鮮烈な風景、その使いみちを僕らは知らない――作家と写真家が紡ぐ失われた風景の束の間の記憶。文庫版新収録の２エッセイ、カラー写真58点。
203210-1

各書目の下段の数字はISBNコードです。978－4－12が省略してあります。

ち-8-3
考えるマナー
中央公論新社 編
悪口の言い方から粋な五本指ソックスの履き方まで、大人を悩ますマナーの難題に作家十二人が応える秀逸な名回答集。この一冊が日々のピンチを救う。
206353-2

ち-8-4
楽しむマナー
中央公論新社 編
粋なおごられ方から成仏の方法まで、作家や科学者13人が大人の悩みをするっと解決！ しんどい心のコリに効く、楽しいマナー考。（『マナーの正体』改題）
206392-1

ち-8-6
富士日記を読む
中央公論新社 編
小川洋子、苅部直、平松洋子、村松友視各氏による書き下ろしエッセイと、各紙誌に掲載された書評を収録。写真多数、文庫新版に対応する人物索引を付す。
206789-9

ウ-8-1
国のない男
カート・ヴォネガット
金原瑞人 訳
戦後アメリカを代表する作家・ヴォネガットの、シニカルな現代社会批判が炸裂する遺作エッセイ。この世界で生きる我々に託された最後の希望の書。〈解説〉巽 孝之
206374-7

オ-3-1
一杯のおいしい紅茶
ジョージ・オーウェルのエッセイ
オーウェル
小野寺健 編訳
イギリス的な食べ物を、貧乏作家の悲哀を、酔うことを、自然や動物を、失われゆく庶民的なことごとへの愛着を記し、作家の意外な素顔を映す上質の随筆集。
206929-9

チ-1-3
園芸家12カ月 新装版
カレル・チャペック
小松太郎 訳
園芸愛好家が土まみれで過ごす、慌ただしくも幸福な一年。終生、草花を愛したチェコの作家チャペックによる無類に愉快なエッセイ。〈新装版解説〉阿部賢一
206930-5

チ-1-4
ロボット RUR
カレル・チャペック
阿部賢一 訳
人造人間の発明で、人類は真の幸福を得たはずだった——。「ロボット」という言葉を生み、発表から一〇〇年を経てなお多くの問いを投げかける記念碑的作品を新訳。
207011-0

ハ-6-2
チャリング・クロス街84番地 増補版
ヘレーン・ハンフ 編著
江藤 淳 訳
ロンドンの古書店に勤める男性と、ニューヨーク在住の女性脚本家との二十年にわたる交流を描く書簡集。後日譚「その後」を収録した増補版。〈巻末エッセイ〉辻山良雄
207025-7